自伝的短歌論

尾崎左永子

砂子屋書房

自伝的短歌論　＊目次

本文中カット・著者
装本・倉本　修

自伝的短歌論

律調との出会い

「短歌」――このごく整った小詩型は、すでに千三百年の時を経て、現代にも愛され、実際、膨大な歌が生まれ、消え、読まれ、評され、泉の水のように尽きることを知らない。

なぜなのだろう。どこにその魅力があるのか。一体、短歌とは、何なのか。

今更ここに、現代短歌論を展開するつもりはないし、いくら論が立っても、佳い作品が生まれなければ意味がない。では一体、私にとって短歌とは何だったのか。私はここに、自分自身と短歌との永い関わりを、冷静に見直してみようと思う。自らの詩歌への、愛憎の軌跡を書きのこしておこうという思いがある。それが、短歌と時代との関わり、短歌と他の表現法との決定的な違い、ひいては短歌の本質を焙り出すことを、心の底に願うからである。難しいことを書くのではなく、単に私という一個人の体験記のようなものになろうが、案外それが、昭和、平成を生き抜いた一人の人間の書く短歌史になるかもしれない。

幼いころの読書体験を記した『チョコちゃんの魔法のともだち』（「本の窓」連載、後、幻戯書房刊。二〇〇八年）にも触れたが、私が最初に触れた韻文は、短歌ではなく、俳句であった。江戸育ちの祖母（といっても、六代続いて養子という、妙な家系で、私の父も養子だった）が、時折、俳句を作っていたようで、離れの窓下に置かれた「けんどん」（どんな字なのだろう）と呼ぶ書物入れから帳面を出し、何か書くのである。けんどんの扉は一枚板で、把手は金物で梅の彫物があった。その扉、というより蓋をくっと上にあげて引くと、中には古めかしい和綴の本、日記、住所録などが積んである。古い帳面をほどいて、一枚、一枚、ていねいに裏に折り返し、重ねて、キリで穴をあけ、紙縒《こより》で閉じ、帳面を作り直していることがあった。墨書きの帳面はたぶん小遣帳のようなものだったろう。和紙なので、裏返しに作り直すと、立派な手帳になる。おかげで私は、紙縒の作り方も教えられたから、今でも上手に縒ることができる。半紙を畳んで一センチ幅位に切り、伸ばした長い薄紙を両手の人差指と拇指でひねって作るのだが、小学校のころ、教室で紙縒を作らされて、両指で持ったときに、へなっとならずにぴんと立ったのは、クラスの中で私一人だった。こんな細かいことも、伝統はどんどん消えてしまうものなのだ。

ところで、その帳面に、祖母は俳句（発句《はっく》と言っていた）を書きつけるのだが、そのころ教わった句に、

初雪や二の字二の字の下駄のあと

という句があった。たしか其角あたりの句だと思う。この時、何となく、「五七五」という「韻律」をのみこんだような気がする。

一方、お正月になると、家の座敷は何となく華やいで、「かるた取り」がしばしば催される。昭和初期、まだ若い男女が同席することなどほとんど皆無の頃である。かるた取りの日は、すでに女学生になっていた姉たち三人、同居して学校に通っている書生たちや、行儀見習いに来て働いている女たち、そこに、も

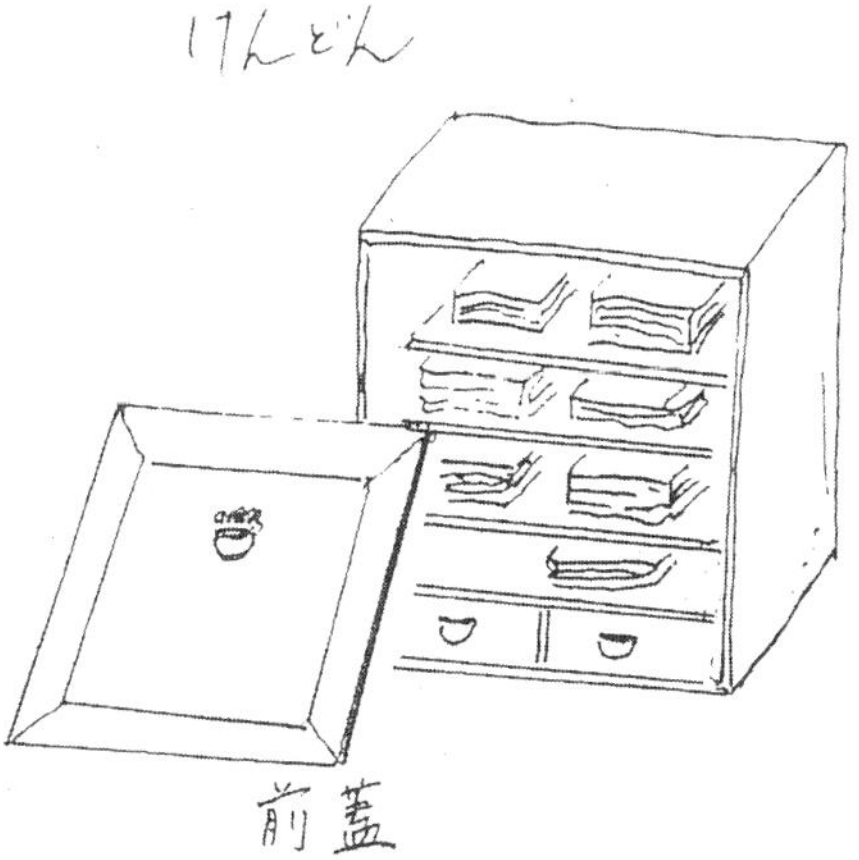

う社会人になっている以前書生だった人たち、皆が揃ってのかるた会である。なにしろ大人数、大家族の時代で、少し関わりのある縁戚、紹介されて来た人、そういう人たちを抱えて、家族同然に暮らすのが、当時の東京山手《やまのて》の邸の、当り前の生活だった。数えれば家族は七人だったが、常時十五、六人はいた。それでも多い方ではなかったと思う。そんな中で、お正月には何度もかるた取りが催されるのだ。

その日は大方、母が「百人一首」を読み上げる「読み手」となり、離れから出て来た祖母が火鉢の側に陣取り、ちんちん音の鳴っている鉄瓶から湯ざましの器に熱湯を注いで冷まし、お茶の用意をしている。女たちは代り代りに接待役に回る。

「あまのはら――」「はぁい！」「あーっ、お手付き！」「あら、私のよ！」

きゃあきゃあとかしましい。末っ子の私は皆の中にまじって札を見つけようと必死になる。目の前から札のさらわれるくやしさといったらない。どうしても、これだけは！ と思って一枚を暗誦し、ひたすらその札を覗う。その時覚えたのが、次の一首。

みかきもりゑじのたくひのよるはもえてひるはきえつつものをこそおもへ

「取り札」は「かな」だから覚えやすかったし、「ひ」からはじまる取り札の中で、「ひる」というのはこれしかない。御垣守が何なのか、衛士が何なのか、もちろん恋の歌だなどとは知る由もない。しかし、これが「五七五七七」の律調をちゃんと覚えた最初だった。もっとも、この歌は第三句が六音の破調なのだが、同時に耳を澄まして聞いた大方の歌は、「五七五七七」の律を踏まえていたから、おそらく子供ごころにしっかり染みついた律調は、百人一首から来ているのだろう、と思う。

ともかくも、こうして、知らず知らずの内に「和歌」の韻律を覚えてしまう。もっとも、競技用の読み手のように切れそうで切れない、それでいて緩急のついた読み方ではなく、家庭用の素人の読み方で遊ぶのがふつうだったから、後に大人になってから読み手を任された時、ごくふつうに読んで、皆に叱られたことがある。当時でも、気の利いた歌留多会では、読み方に独自のきまりがあったのだろうけれど。

周りにいつも「五」「七」があった

ともかくも気がついた時には五七五七七も、何となく身についていたようである。姉三人と異って、年が離れていた私は、姉たちのように幼稚園に行くことがなかった。祖父が歿った後だったので、祖母が私を可愛がって、幼稚園に行かせなかったのだそうである。現在のような英才教室やら入学お受験の塾があるわけでもなし、それでも平仮名、片仮名、数字くらいは書けたから、何とかかとか、周りから教えられていたのだろう。今思い出すと、「挟み将棋」とか「十六むさし」といった古い遊びはいつのまにか身についていた。

唯一苦労した覚えがあるのは、小学校の入学式までの間の一週間、毎日、自分の名前をまっすぐに鉛筆で書く練習をさせられたこと。私の本名は磋瑛子で、「玉を磨く」という意味だ、とは父から教えられたが、なかなか巧く書けないのである。ようやくどうやら書けるようになったが、いずれにしても幼稚園に行っていないから、絵の描き方も字も算数も、何も知らない児童である。母が丹念にまとめておいてくれた当時の「図画」や「綴り方」の作品が今も残っているが、それを見る限りでは、半年も経たないうちに何とか巧くなっている。それらの中に、画つきの詩があって、「タンポポボウサンフーラフラ、カゼニユラレテユレテタラ、バラノガケカラオツコチタ」。生まれてはじめての児童詩が何となく七五調になっている。昭和戦前のくらしの中には、おそらく五七調とか七五調とかが溢れていて、無意識の内に身についてしまう環境があったのだろうと思う。

私立の小学校なので制服で通学していたが、その時、朝礼などで歌わされる歌に「金剛石」というのがあって、「金剛石も磨かずば、玉の光は添はざらん」とはじまる歌であった。金剛石とはダイヤモンドのこと。この歌は、昭憲皇太后（明治天皇皇后）の作られたものだったと記憶する。この歌もまた「七五調」なのである。この歌を歌わされるたびに「磋瑛子」という名前って、固い名前だなあ、と思ったものだった。この話を姉にしたら、「あーら、自分のことをダイヤだと思っているの？　ただの石ころかもしれないのに！」とひどくくさされたことがある。とんでもない。「固い石」だなと思っただけだったのに。実のところ、

瑛という玉は、金剛石ではなく、中に丸い穴のあいた翡翠のことだとか。それにしても、このように、周りにいっぱい、五七や七五のあふれていた幼児期だったことは、いずれ短歌に近付く基礎となったように感じている。

大体、どこにでも、五七、七五の韻律の漲っている世の中だった。戦時色のつよくなって行く中でも、標語でも軍歌でも、それにお稽古事の謡曲でも琴歌でも長唄でも、始終七五調を耳にする。小学生のころに耽読した「少年倶楽部」という雑誌などには、塚原卜伝や荒木又右衛門といった剣客が登場する。真田十勇士などが、戦場に出れば「やあやあ遠からん者は音《おと》にも聴け、近くば寄って目にも見よ。」などという勇ましい「名乗り」が、これまた皆韻律をもっていた。

祖母が時に語ってくれる『里見八犬伝』の芳流閣の場とか、石川五右衛門の楼上のセリフなど、どこにでも耳に染みついてしまう快い韻律に充ちていた。

だから短歌に対しても、幼いころには余り違和感が無かったのだろう、と思う。後には短歌という表現形式に対して、七転八倒の（ひとりのみこみの）苦闘をくり返すことになるのだが――。

はじめての俳句

そんな幼児期を送ったのち、突然に父が激務に倒れた。十四日間の昏睡のあと、一命をとりとめるという騒ぎがあって、小学四年生のとき、療養のため我が家は千葉房総に移転した。そこでは、東京から来たというだけで、今でいう「いじめ」の対象となってしまったのは不運だったが、そのために黙って耐えることを覚えたと思う。しかし、国語の授業（「読み方」と呼称していた）で、はじめて俳句を作らされたときのことだった。

「白雲《しらくも》の西へ流るる秋の空」——たまたま、窓から見ていた景を五七五にしただけなのだが、これが先生にたいそう褒められたのである。「うーん、しろうと離れしているねぇ。いい句だね」担任の先生の一言で、皆の視線が私に集まった。その視線が、今までのいじわるから、多少の尊敬に変化しているのを感じ取ったとき、たしかに、私の中に一種の自信のようなものが生まれたのを、今でもはっきり覚えている。もう少し巧い人なら、秋なのに東風はおかしいよ、などと理が働いたかもしれない。でも、実際、白雲は西へ向かってゆっくり流れていたのだった。このとき、知らず知らずの内に、無心に対象に対い、無心に切り取るコツのようなものを、不意に悟ったような気がする。

ひどく些細なことのように思われがちであるが、子どもというものは、こうした何気ない機に出会うことで、対象を好きになったり、毛嫌いするようになったりするものだ、とこの歳に至って漸く思い到る。人の才能とか才質とかいうものは、大人の思うよりももっと可能性に富んでいるものなのではなかろうか。ちょっとしたきっかけで、生きも死にもするのである。

一年程経て、東京に帰り、玉川瀬田というところに住むようになった。今では環状八号線の道路が通って住民も多いし、東名高速の入口もあって立派に拓けているけれど、当時は田圃や畑がつづき、溜池がいくつもあり、丘陵をこえて富士山がいつも見えているという、鄙びた場所。庭先には治太夫堀という玉川用水が流れ、岸辺に降りて洗濯場まであるような、のんびりした所で、ちょっと上流には東京人の別荘として、有名人の別宅がいくつもあり、「おめかけ横丁」などと呼ばれているのであった。背後の丘を横切って、まだ一輛か二輛連結だった玉川電車が、二子玉川に向かって走っている。家の前から石段を登ると「身延山別院前」という小さな駅があり、次の二子玉川駅から大井町線に乗り換えて、北千束の赤松小学校という小学校へ一年あまり通学した。この小学校は当時のいわゆる受験校で、「女学校」入試のための、かなりきつい受験勉強を、課外授業で行なうのだが、おかげで、東京女学館に入学してからは、あまり努力しないでも割合いい成績が取れて楽だった。

「女学校」というところ

当時の女学校というのは、学校を出ればじきにお嫁に行く、というのがあたり前で、その代り、学校でほとんどの躾《しつけ》は受けてしまう。現今のように勉強勉強などといわれないし、英語にしても、英国人の教師が教え、卒業前にはシェイクスピア劇を実演させられる、というのが、姉たち大正生まれの世代の教育だった。東京女学館はさらに、英語学校に近く、英国式英語であった。姉たち三人、従姉たちが五人、親戚だけでも八人が同時期に同窓にいた。叔母たち三人もこの学校を出ていた。一人私だけがずっと年下。だから何かにつけて「to be or not to be?」などとロミオのセリフが飛び交ったり、それを日本語読みにして、わざと「とべ、とべ、追わないでとべ」などとふざけたり、年の離れていた私に、ロミオとジュリエットの恋の話をきかせてくれたりした。

およそ古典文学に縁のなさそうな、理数系の姉が、戦後、ようやくパーマネントをかけられる時代になり、髪型を新しくして、前髪をおろしていたことがある。パーマが利かなくて、前髪がぱらぱらと額にかかっているのを見て、母が、

「前髪が下がってうるさくないの？」

と訊ねたときのこと。姉はいきなり、右手をかざすようにして前髪を上げ、

「御簾《みす》をかかげて香炉峰の雪を見る！」

と言ったものである。言うまでもなく、清少納言が『枕草子』に書いているエピソードを踏んでいるのだった。『枕草子』（「雪のいと高う降りたるを」の段）では、たいそう雪の降った日、御殿の格子戸をみんな昼間から下ろして、炭櫃《すびつ》に火をおこして、女房たちが話し合っていると、中宮定子が、急に、

「少納言よ、香炉峰の雪はいかならむ」

と仰せになる。白楽天の詩の中に「遺愛寺ノ鐘ハ枕ヲ欹《ソバダ》テテ聴キ、香炉峰ノ雪ハ簾ヲ撥テ看ル」という一節に掛けて、「折角の雪景色を見られないのは残念ね、全部閉め切ってしまうのですもの」と仰せになったのである。清少納言はすぐに中宮の真意を悟って、御格子《みこうし》を上げさせ、御簾を高く揚げて、中宮に雪景色をお見せした、というエピソードだが、まさか文学嫌いの姉が？　と正直びっくりしたのだった。これもたぶん、当時は女学校時代にみな、その位のことは常識として身につけていた、ということなのだと思う。きものの裁ち方、仕立て方、畳み方、畳の上の歩き方、襖のあけしめのお行儀なども、家庭だけではなく、学校でも教えるのがふつうだった。十八、九

歳でお嫁に行き、外交官や在外商社マンの奥さんになっても困らないような教育だったのである。

ついでにお稽古事があった。お茶、お花、お料理、三味線、お琴、一通り習得できる時間の余裕があったのであろう。そうした中に、たとえば琴歌でも長唄でも謡曲でも、どこにも、五七調があり、七五調があり、そのことばの間に「息づかい」があり、「間《ま》」がある。

こうして、いつのまにか、ことばの律調が身についてしまう、という環境が存在したのが、昭和戦前の実態であった、と思う。私自身は八歳年下なので、一人、戦時下での女学生となった。

詩と短歌と

戦いの足音

改めて思い返してみると、私の世代は、全く「戦時」中に育っていたようだ。小学四年の時、千葉の女子師範附属小に一年ほどいたが、当時東京から来たというだけでかなりのいじめに会った。すでに当時支那事変と呼ばれていた日中戦争がはじまったばかりで、たしか七月の初めだった。転校していきなり唱わされたのは「愛国行進曲」。「見よ東海の空明けて、旭日高く輝けば……」といった軍国調の歌で、中に「金甌無欠ゆるぎなき、わが日本の誇りなれ」という歌詞があった。この歌もまた七五調。キンオウムケツというのがどういう意味なのか、さっぱりわからないまま唱っていたが、大人になってから、金の瓶がすこしも傷がない、という意味なのだ、と知った。

お弁当は週一回、日の丸弁当、と称して、ごはんに梅干一個、ときめられた。当時虚弱児だった私（今では誰も信じそうにないが、事実、小児結核の病歴がある）のため、母がひそかに、ご飯の間に鰹節の削ったのを醤油で味つけをして挟んでくれていた。臨席の男の子が見つけて、「あーっ、いけないいんだぞ！　いけないいんだぞ！」と叫び、先生に言い付けた。白髪まじりの吉原先生がそれを見て、「うーん、サエちゃんは体が弱いから、お母さんが心配して下さったんだろう。今日はありがたく頂こうね。次からは日の丸弁当にして頂きなさい」と云って下さったのを、今でもありがたく思い出す。心のこもった裁定だった。

それでもあのころはまだ戦争が身近かではなく、食べものもあった。本も自由に手に入った。梨の「廿世紀」が生まれたばかりで、家に送って下さる方があったが、とても酸っぱくて、私は好きになれなかった。地元で採れる「長十郎」の野性的な味の方がおいしかった。今では「幸水」や「豊水」などに、いくらか「長十郎」の遺伝子がのこっているようだけれど。

当時の短歌のことは全く知らないが、東京に帰ってやがて東京女学館に入ったころには、もう昔のように「百人一首」を畳に広げることもなくなっていた。ひたひたと、戦争の足音が迫りはじめていた。

浪曼派的入り口

東京女学館に入学してからの私は、何となくのんびりしていたが、最初の作文の時間にいきなり「目をつぶりなさい。五分間、黙って坐っていること」といわれて、いやいや目を瞑ったあげく、「今の〝五分間の沈黙〟について、何を思ったか書くように」。H先生というユニークな女の先生で、当時は常時きものに袴。お茶の水をトップで出たという才媛であった。この時書いた詩を、先生に認められたことは、私が「ものを書く」のが好きになるきっかけになったのかもしれない。人は「褒められる」ことで自信を持ち、持ち味を伸ばすことができるし、このことは、短歌の指導にも当てはまる、と思っている。

国語の教科書は国定教科書ではなくて、五十嵐力編だったが、この五十嵐先生は今の『広辞苑』の前身ともいえる『辞苑』の編者であった。一年生のとき、父から「この辞書はお前に遣るよ」と渡されたのが、赤い表紙の『辞苑』で、これは三十年以上、ぼろぼろになるまで愛用した。たしか昭和二年刊行の初版であったと思う。父は五十嵐先生とは友人だったようだ。同級生だったのかもしれない。五十嵐先生から直接贈られた、と言っていた。私が使った教科書もその先生編の教科書だったのを記憶している。

その中で、私はいくつかの短歌に出会った。

海にして太古の民のおどろきをわれふたたびす大空の下《もと》

間ちがっていなければ、こういう歌だった。作者は高村光太郎。何て気持のいい、大らかな歌なんだろう、と思った。もしかすると、渡米の際の船から見た空なのだろうか。調べたことがないのでわからないし、どの集に載っているかも知らないが、私の心にのこった最初の短歌だったのである。

このとき、同じ章のなかでもう一つ覚えてしまった歌がある。

ベッドよりころげおちたる大騒ぎ吾が子をかしき春の宵かな

覚えてしまった位だから、出色の作品なのだろうけれど、当時の私には、ちっともその良さがわからなかった。「つまンない歌！　こんなのが詩なの？」作者は松村英一である。のちに、お子さんを亡くされて、その悲痛な歌に出会ったとき、こんな楽しい歌もあったのに、と改めて思い出したことだった。この繕わない滋味は、少女前期の私には、鑑賞し切れなかったのだろう。この歌も原本には当っていないから、誤っているかもしれない。が、ともあれ、当時の教科書に載っていた十首程の内のこの二首が、幼稚な私の脳に焼きついたことは確かなのだ。

高村光太郎は「明星」の系統だし、松村英一は現在の歌誌「まひる野」の祖型の一人だし、いずれにしても、源流は「明星」で、いわば浪曼派の流れである。後の私は「佐藤佐太郎」一辺倒になってしまうが、最初の出会いが「アララギ」系ではなかったことも、今改めて思うと、何か納得の行く思いが無いでもない。そうでなくても女の子は、ロマン派が好きなのがふつうなのだ。

詩への傾斜

思い出してみると、本人は短歌より先に、詩に夢中になっていたように思う。「詩」というと、「短歌」だって「詩」なのだが、第二次世界大戦後の「現代詩」は、ほとんど律調を喪失してしまったようだ。戦前に少女期を過した私どもの心の中では、「詩」には独特の韻律があったように記憶している。たとえば島崎藤村の「小諸なる古城のほとり、雲白く遊子悲しむ、緑なす繁縷《はこべ》は萌えず、若草も藉《し》くによしなし、しろがねの衾《ふすま》の岡辺、日に溶けて淡雪流る……」この詩の載っているのは、明治三十四年出版の『落梅集』（第四詩文集）で、藤村当時三十歳。

この詩などは、私の生きた昭和時代でも、少し詩歌に関心のある人なら、誰でも暗誦していた。藤村はこの集の刊行後、小説に軸足を移してしまうが、その後土井晩翠、薄田泣菫、蒲原有明、三木露風、そして北原白秋……秀れた詩人たちが象徴詩風な詩集を沢山のこしたし、堀口大學の訳詩などでヴァレリーやアポリネールやコクトーやフランシス・ジャムや……女学生たちは好んでこれらの詩を読んだり書き写したり、暗誦したりした。

降る雪や明治は遠くなりにけり、

というけれど、私の女学生時代は、明治が終ってから三十年くらいしか経っていなかったことを、今更再認識するのである。

戦争の影が次第に濃くなって来ても、クラスメートたちは、こうした詩の読後感をおしゃべりの中で始終口にした。中でもお兄さんが大学生だったり、お姉さんが文学少女であったりすると、話は何となく一歩背伸びしたような雰囲気になり、知識を共有し合うのである。

私がそのころ大好きだった詩に、佐藤春夫の「故園晩秋の歌」があった。

ふる里のふりたる家のあはれなる秋のまがきは人ありてむかし植ゑにししら
ぎくのさかりすぎたりあれまさる桑のはたけは人ゆかぬ畦《あぜ》のかたみち釣鐘の
花かれにけり古井戸の石だたみには人しらぬ鶏頭の花うつぶせにたふれさく
なりひとりただ園をめぐりてとほくゆく雲をねぎらひうつつなる秋の胡蝶を
あはれみてわがたたずめば山ちかみくるる日はやし
反歌
ふるさとのふりたる家の庭にして昼なく虫をきけばかそけし

今、見直してみると、『万葉集』以来の長歌と反歌の形をきちんと踏んでいる。当時の私は、何とも快いその韻律に、手もなく虜になった。たちまち暗誦した。こんな風にすらすらと景を描き出し、そこに心情をにじませることができたら最高！ という思いがあった。

さらに訳詩集の『車塵集』に心を奪われた。

勧君莫惜金縷衣　勧君須惜少年時
花開堪折直須折　莫待無花空折枝

杜《と》秋《しゅう》娘《じょう》

中国の女詩人の詩ばかりを訳した詩集の中にあり、その訳がまたすばらしかった。

綾にしき何をか惜しむ
惜しめただ君若き日を
いざや折れ花よかりせば

ためらはば折りて花なし

当時のことだから、漢字も読めるし、意味も大方はわかる。学校で「漢文」の授業もあったから、『論語』とか白楽天くらいは、大方読める世代である。この七言絶句も何となくは読み下すことはできるのだが、この訳詩のなだらかさ、詩句の美しさはどうだろう。

現代と異って、テレビもなければゲームもない。共学ではないから男の子の噂も無い。たのしみといえば友人たちとのお喋り、それに上級生や下級生から寄せられる擬似恋文みたいなレターくらいしかないのだ。レターの中味でさえ、最近読んだ本の感想とか、好きな詩とか、他愛がない。詩に熱中したのは私ばかりではなく、他の文学少女的な友人たちも同様で、その知識の共有がまた、たのしみなのであった。まことに幼稚といえば幼稚、純といえば純であった。

しかし今顧みると、こうした読書経験こそが、文筆への途の第一歩だったことがよく判るのだ。

たまたま例にあげた「故園晩秋の歌」も、また『車塵集』の一首も、共に「五七調」であることに、いま改めて気付いた。七五調もむろんあったし、当時の詩は、自由詩として、特定の律調を持たない作品も多かったのである。しかしこの時期、「七五調」の短調風リズムよりも、「五七調」の長調風リズムに心ひかれていたことも、私の成長録の中では一つのエポックだったような気もする。

雫のような

中学三年のころには、戦局が次第に悪化して、それまでは冬、寒くなると、朝の内にクラス全員のお弁当を、当時の「小使さん」と呼ばれる年配の男の用務員さんが、大きなバスケットに集めて、地下の暖房室で温め、お昼に又配ってくれていたのに、暖房が使えなくなってしまった。固くて冷たいご飯を食べるのが辛くて、一人一人が体操の時使う紅白の鉢巻の先にお弁当箱の包みを結びつけ、窓から何十個も外壁に吊して、日光で少しは温めよう、と試みた。しかしこれは教員に叱られて、渋々、とりやめになった。「そんな見っともないことをするんじゃありません!」。

それでも、仲の好い生徒たちは、昼休みに寄り合っては、詩集を交換したり、世界文学全集を貸したり借りたり、旺盛な読書欲、知識欲に燃えていた。市販では欲しい本がなかなか手に入らなくなって来ていた。

そのころ手に入れた本に、佐藤春夫の『小杯余瀝《よれき》集』がある。袋綴じの薄い本だが、帙《ちつ》がボール紙、その表紙には版画が貼りつけてあり、帙は紫の糸リボンで結ぶようになっている。「昭和かのと巳の歳まさに暮れんとして」と記されているが、発行は昭和十七年九月で、もう紙までが配給制になった頃ではないかと思う。

「ここに収めかかげたる詩的雑纂《ざつさん》はさながら小杯の余瀝に似たりとやがて集の名とはなしつ」という「はしがき」の中のことばがある。「余瀝」という言い方に、謙遜と同時に自らの作を深く愛する気持があるように、そのころの私は受け取ったのだった。「余瀝かぁ。いいなぁ」——雫のような詩。そんなのが作れるといいのに。女学館三年生の秋のことだった。今思うと、あんな本、お小遣いで買えたのかしらん。父は病身だったし、特に資産家でもなし、しかし、母はいつも、私に本を買ってくれた。あの本も、見つけてすぐ、母におねだりしたのかも。でも、現代に至ってはちょっとした宝物である。

三年生のころから、国語の先生が松川先生という女教師に交替した。この先生がまた、見事な指導をして下さった。作文を提出すると、美しい赤ペンの文字で感想が書かれて返ってくる。本がだんだん少なくなって来た戦時中、朝、岩波書店の小売部で売り出される少部数の文庫本を、列に並んで買って来て下さることがあった。そのころ与えられた本には、寺田寅彦もあったし、伊藤左千夫歌集もあった。

この左千夫歌集は今でも持っているが、紙も悪く、表紙も白っぽい。それでも、その時はじめて「アララギ」系の短歌に触れたのだった。実際に短歌の魅力にはまったのは、私の場合は長塚節だったが、歌集として触れたのは、この本の方が先だったように思う。

裏戸出でて見る物もなし寒む寒むと曇る日傾く枯葦の上に
おり立ちて今朝の寒さを驚きぬ露しとしとと柿の落葉深く
白波やいや遠白《とほじろ》に天雲に末辺こもれり日もかすみつつ

などに心ひかれた。今まで浸って来た詩の世界とは何かが違う。甘さがない。それがいいのかよくないのかは分らないが、先生が読め、と薦《すす》められるのだから、きっといいにちがい

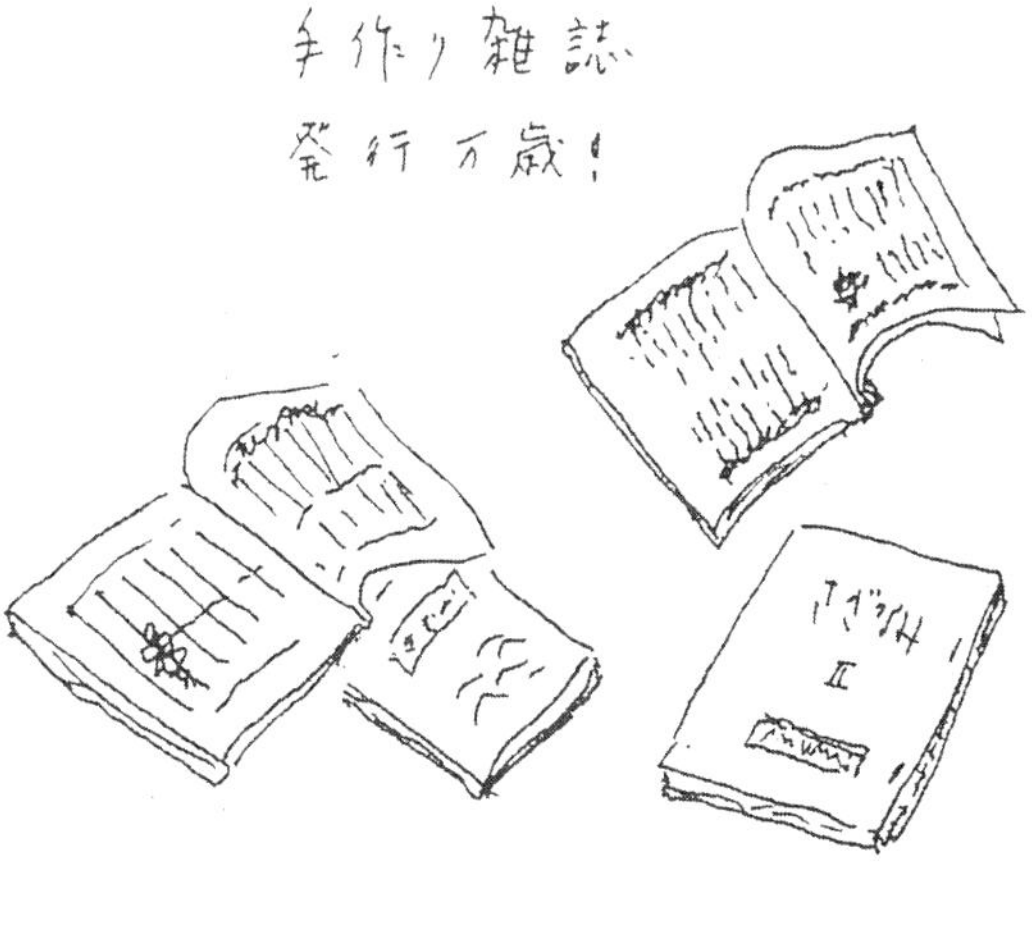

ない。何だか線が太くて、どっしりしている。

　松川先生は、私が書くことが好きなのを見てか、ノートを下さって、そこに毎日、創作でも質問でも感想でも、好きなことを書いて提出するように、と言われた。朝、教員室に行って机の上に置いておくと、夕方までに朱が入って返ってくる。いわば交換日記のような、個人授業である。贅沢なものだった。

　その中に、詩も多く書いたが、短歌もあった。習作時代である。


　梅雨晴れの光はげしく立葵若葉の中に輝きて見ゆ

　松川先生がはじめて○を付けて下さった作だった。何とも素直で若い歌だが、これが私の短歌への第一歩になったのかもしれない。

　戦争ははげしくなり、物資はどんどん不足していった。そんな生活の中で、クラスメートと語り合って、六人で「さざなみ」という雑誌を作るようになった。当時はパソコンなどある訳もなく、すべて手書き。挿絵も飾り罫も全部書いた。紙さえも自由に手に入らない時代だから、父が官僚時代に使った残りの罫紙を無断で頂戴して、それを使った。小説もあれば詩もあり、論説あり、句あり、でもなぜか短歌はなかった。

この雑誌は三年生から四年生（当時女学校は五年制だった）までの三冊が今も残っている。その中の何人かはすでにこの世を去った。戦争のさなかであっても、食糧が不足しても、紙がなくても、こんなことのできた青春前期が、今はなつかしい。

しかし、短歌に傾斜するまでには、私にとってはまだ時が来ていなかった。

戦争の中で

意欲だけでは済まない

「十二月八日」、と言っても、現代人の多くは何の感慨も湧かないだろうけれど、私にはかなり強い記憶がある。

あれは昭和十六（一九四〇）年の十二月八日であった。日本の軍艦から飛び立った飛行機がハワイの真珠湾を攻撃して、いよいよアメリカとの戦争がはじまった日である。以前から危機の迫っている感じはあったのだが、とうとう太平洋戦争に突入したのである。日本が前触もなく攻撃したと、後々まで非難を浴びたが、情報網の発達していたアメリカ側に知られていなかった筈もない。それはともかく、英国人の教師の多かった東京女学館では、戦況が厳しくなって来てから、ほとんどが帰国してしまい、ミセス・バークレーという先生一人が残っておられた。開戦の日、先生がどうしておられるのかなと、少女期の私は少々好奇心を持って、教員室へ入って行った。銀髪の先生は、いつもより少し深刻な表情でじっと英字新聞を読んでおられたが、教員室は冷静で、全くいつもと変りがない。中学二年生の時のことだが、その静かさが今も印象に強く残っている。やがてミセス・バークレーも交換船で帰国されたが、後釜に来られた日本人のU先生は、発音にうるさかった。が、ずっと英国人に一週七時間鍛えられていた生徒たちにとっては、魅力が無く、みな興味を失って行った。

代りに人気の出たのが国語と地理。物理。幾何。私などは計算もろくに出来ないくせに地球物理学とか天文学に凝って、天文学者を夢みたりした。甘いものである。もっとも、その嗜好は今も続いていて、『天文ガイド』は毎年買うし、雑誌「Newton」の美しい天空の写真集は出る度に入手してしまう。少女期の夢は、一生消えないものなのだろう。

何でこうも短歌と異ることを書くかといえば、少女期の何かの印象が、やがて進む道を示すようになる、ほんのふとした時機の出会いやことばが、一人の人間の進路をきめてしまうこともある、ということを言いたいためである。だから短歌教室で歌の批評をする際も、この頃は、その人の良い所を伸ばす、そういう視点でしか物が言えなくなっている自分がいる。若いころは自分の信念を曲げず、ズバリと言うことが多かった。ずいぶん傷ついた人もいたのではないか、と思う。しかし一方、古くから私の許で修業（といってていいのかしらん）した人たちは「この頃の先生、やさしすぎる」と文句をいう。「もっと厳しくして下さい！」

そこで考えるのだが、短歌でも俳句でも絵画でも料理でも、あるいは音楽でも工芸でもよいが、やはりアマチュアとプロとの隔りがある、というのが現実だろう。技術を伝えること、それは一応できるにしても、最後には作者の資質と目的意識が必要となる。チャンスを摑むセンスも必要だし、意欲ばかりでは済まないのは、どの世界でも同じこと。しかし、人には言わないでも、そこに居るだけでも周りの人が寄ってくるようなオーラを、具えているかどうか。天性もあるだろうし、いくら努力しても方角の摑めない人もいる。でも、結局は、本当に信じていれば道はひらけて行く。短歌も同じことだ、と今の私は思う。

稽古事からの逃亡

師のことばというものは、千金の重みを持つが、同時にその束縛からなかなか逃れられないものだ。

当時、高村光太郎の詩に触発されて「獅子の最期」という小説めいた文章を書いていた私は、すでに「もの書き」になろうと思っていた。小学五年から六年にかけて、『ワンワン物語』というマンガを描いて、クラス中で回覧していたのが最初で、あのまま漫画を描いていたら、池田理代子さんみたいに、シャンデリアの輝く豪華なお邸に棲めたかもしれないのに、とよく冗談を言っているが、考えるといつも、少し時代先取りの癖があって、それが時代に乗れない処でもあったようだ。学生結婚の失敗も、離婚も、女性の放送作家になったのも、時代に先駆けてだった。

ともあれ、小説を書こうと思っていた私に、「詩を捨てないでね」と天からの声を授けたのは、国語の松川先生だった。そして、次々に詩集ならぬ歌集をも私に読ませたのである。

当時の家庭では、十五歳になる頃には、二つ三つの稽古事をしているのがお極《き》まりのようになっていたが、戦時中になってからは、趣味的なものは遠慮する空気になっていた。そこで母は伯母に相談したらしく、当時中河幹子さんの門にあった或る夫人を紹介してくれて、私は否応なく、毎週、成城のお宅まで、短歌の添削を受けに行くようになった。「お稽古事」としての作歌なのだから、樋口一葉が中島歌子の門に入ったのと大して変らない雰囲気である。原稿用紙に何首か作って持って行くと、「そう、これでおよろしいのよ。でも、ちょっとここを入れ替えてごらん遊ばせ。もっとしっかり致しますでしょ」

やさしく美しい「遊ばせことば」で指導して下さる。なるほど、確かによくなる。でも……。私の求めているのは、この線じゃないんだけどなぁ。美しくて若いお嫁さんが、おいしい紅茶を出して下さる。でも……。ちがうのよね、私の知りたいのは。

戦争がだんだん烈しくなって来た頃、女学校も五年生が工場作業に動員され、私たちは四年生で卒業させられることになった。昭和十八年頃のこと。松川先生に薦められて東京女子大を受験することになって、それを口実に、お稽古事の短歌からは無事逃亡してしまった。

昭和十八年の秋、学徒動員で大学生たちが戦場に行く事になり、神宮球場で壮行会が催された。スタンドには東京の女学生たちが見送りに動員され、私も冷い雨にぬれながら、スタンドの席にいた。大学生たちの中には、従兄もいる。友人のお兄さんたちもいる。悲壮だった。戦争は、ふつふつ厭である。あの中で何人が生き残れたのか。何人が将来を消されたのか。

『しろたへ』との出会い

昭和十九年、私は東京女子大国語科に入学したが、たった一学年足りないだけで、同級生たちの会話に入って行けない。「ほら、パスカルの『パンセ』にあるでしょ」なんていわれても、パスカルといえば数学の定理くらいしか知らない無知な私は、無口に肯くばかり。おかげで図書館に入り浸りで、先輩たちの会話の断片を検証することで明け暮れた。

そんな折だった。ガソリン不足でバスが無くなり、西荻窪から二十分位徒歩で歩く途中、本屋で簡素な小型本を手にした。佐藤佐太郎の歌集『しろたへ』である。A6判、

文庫本型の小さな一冊で、真白な表紙に臙脂いろでひらがなの題名「しろたへ」とある。簡素なところも素敵で、それに新刊本はもう軍部の統制下にあったから、「日本出版配給統制株式会社」が配給元で、その承認番号がないと出版もできない時代であった。昭和十九年十月十五日、青磁社発行のこの本を手にとって少し内容をのぞいたとき、私は心のどこかで「これだ！」と叫んでいた。

佐藤佐太郎がどういう人なのか、その時は全く知らなかったのだが、

白椿あふるるばかり豊かにて朝まだきより花あきらけし
冬曇ひくくわたれる沖の海に掌《てのひら》ほどのたたふる光
をさな子は驚きやすく吾がをればわれに走りて縋《すが》る時あり

など、当時知っていた歌人の歌のどれにも無い透明な清浄感は、駆け出しの女子学生の心をつよく捉えて放さなかった。

むろん『しろたへ』は、戦時中の歌だから、大半は戦争讃美歌風のものなのだが、国のために戦って多くの人が亡くなったあと、まるで戦争犯罪人のように扱われた斎

藤茂吉のことを、今蔑《さげす》む人がいるだろうか。戦争、とくに敗戦は、民衆にとっても歌人にとっても、真の価値観を危うくする。戦争を、まして敗戦を体験したことのない人たちが、いま現在、日本の行先を変えようとしている。怖い。

『しろたへ』にはむろん戦争讃歌が多いのだが、一方で、

万年筆のごとき形の焼夷弾を落しゆきたりと見し人いひぬ

のような写生歌があったり、

充ち足らへる人のたもたむ幸《さち》といへど心畏れなき人もたもたむ

といった思想的な歌があったりして、読後感としては戦争讃歌とはとても思えないし、当時、戦時詠が多いという感覚は全く持たなかった、というのが実感である。

のちに同門にいた故川島喜代詩が「わたしも佐太郎先生にとりつかれたのは『しろたへ』だった」と云ったことがあって、その共通項が安心感となり、仲間の中でも最も親しい盟友となった。

父のこと

家では、私が勝手に短歌の「お稽古」をやめてしまったことで、相手の先生や仲介した伯母に申し訳ない思いをしたとみえ、母が父に相談したのか、半身不随になって椅子に坐ったまま左手で著述をつづけていた父の前に呼ばれた。

「短歌をやめるの？」

「うーん……。どうかしら」

「どうして短歌を作る気になった？」

「うーん……先生に、短歌を捨てないでって云われたから……」

考えてみたら、松川先生の一言にずーっと縛られていたような気もする。あれだけ育てられた恩があるのに、ちょっと呪縛から逃れたくもある。小説を書きたい気もあった。恩師の一言は、重いのである。このことは、後になって佐藤佐太郎との師弟関係の間にもあった。別に師の方で弟子を束縛しているわけでもないのに、その影から抜け出せない焦り。このことは、現代にもあり得ると思う。だから私は自らの会を決して「結社」とは呼ばないし、呼ばせない。監督と選手、もしくはバッティングコーチと選手、そんな関わりで良いのではないか、と思っている。

私の父は東京生まれで番町小学校、高師附属中、一高、帝大（東大）出身で在学中に高文（高等文官試験）を通って当時一番勢力のあった内務省へ入るという、いわば当時の超エリートだったのだが、それが災いしてか目を付けられ、牧野伸顕（のちの宮内大臣）という人の要請で宮内省（当時は「省」だった）の内部改革のために移った、という、妙に正義感のつよい人だった。それでも当時の官僚というのは、文芸でもスポーツでも語学でも、何でも一通りこなすものだったらしい。短歌は佐佐木信綱さんが宮内省に指導に来ておられ、式部官をしていたころの歌が『華陽集』という歌集の中に残っている。一方で自由律俳句の荻原井泉水が好きで、句集も読まされた。学校で俳句を作る宿題が出ると、よく父に頼んで作って貰ったものだ。今覚えているのでは、

木枯らしは星吹き落とせ吹き落とせ

という定型律の句と、ものすごく短い、「影もめだか」の一句である。たった六音である。「自由律だからって、こんなに短くていいの?」と聞いたら、父は「それ以上何が要る?」と云った。鉢だか川だか池だか知らないが、水に差す日光と、水と、めだかの動きまで伝わってくる。なるほど、他はいう必要がない。「省略」という概念を植えつけられた一句だった。

ともあれ、父は、対い合った私の迷いを見ていたが、こう言った。

「短歌をするなら、斎藤茂吉にしなさい。岩波くん（岩波茂雄氏）に頼んでやる」

私はびっくりしゃっくり、である。父は法制史家として古代学会の事務局を家に置いていたくらいだから、『歴史以前』『皇室制度講話』などの著作があって、岩波書店からも本を出していた。でも、と私は拒んだ。

「でも、あんな偉い先生は嫌《いや》」

「どうして。付くなら一流の先生が良い」

「でも、そんな偉い先生のところに行くと、古いお弟子さんがずらーッといるでしょ。で、そのいちばーん隅っこに坐らされて、古いお弟子さんたちからあゝだこうだ、っていわれたくない」

「……誰なら良いのだ？」

「あのう、この人」

私は恭々しく両手に捧げた佐藤佐太郎の『しろたへ』を父に渡した。

父は右手がよく利かなくなっていたので、左手で受けとると、不自由な右指を使いながら、『しろたへ』を繰っていた。

「これ、どういう人？」

父は『歩道』で売り出した当時の大「アララギ」の新人の名をまだ知らなかったようだ。私はおそるおそる、

「これ、茂吉先生のお弟子さんで、岩波書店におつとめだって聞いてるけど」

と告げると、「そうか。いいだろう」とだけ言って、その時の話は終った。

話はどうやら、やはり岩波茂雄さんの所へ行ったらしい。戦争が激しくなって、当時佐藤先生は茨城の実家へ一家で疎開されたようである。お許しが出て、初めての稿と写真を送ったのは、昭和二十年の初夏の頃のことだった。写真は東京女学館の制服を着て、友だちと笑い転げている不謹慎な一葉だが、当時すでにフィルムも手に入らず、あり合わせの写真を送ったのだった。だから、のちに処女歌集『さるびあ街』の序文に佐藤先生が「かつての女学生が女子大生となり、それから社会に出て、やがて結婚生活に入ったのであるが」と書いて下さっているのは、最初の写真が女学生の制服だったからである。実際にはその時は、戦時中とはいえ、女子大生だった。

戦争が烈しくなり、東京女子大に中島飛行機の工場の一部が入ってきた。私たちは飛行機のエンジンの「補器」の実証実験を繰り返した。油にまみれて。三週間働いたのち一週間、学業が許された。「朝《あした》に知れば夕に死すとも可也《かなり》」という『論語』（だと

思う）のことばに出会ったのもその頃だった。いつ、爆撃でやられるかもしれない。事実、寮の入口で、敵機の襲撃で死んだ学生もいる。私自身、荻窪の中島飛行機工場に自転車で伝令にいく途次、地蔵坂というところで、突然雲間から現れた敵軍の飛行機に銃撃された経験がある。遮光眼鏡をかけた操縦士の顔が見えるほど、地上に近付いて機銃掃射を浴びせた。単身逃げればよいのに、自転車ごと、横穴防空壕にとび込んで難を避けたが、もしかすると、逃げまどうのを面白がって撃ったので、殺す気はなかったのではないか、と思うことがある。ゲームの標的だったのではないか。今でも時にその夢を見ることがある。

生と死の境にいて、果して短歌など出来るものかどうか。私が震災の歌を作らないのは、こうした経験をもつ故である。他人事を歌うのは非礼だ、という気持がある。

雪と涙と

終戦前後

つい先日のこと、私が「戦後にはネ……」と口にしたところ、相手がごく自然に「安保闘争の後ですか」と口を挟んだので、あわててしまった。私にとっては「戦後」とは当然、第二次世界大戦のあと、すなわち日本が「敗戦国」となったあのひどい時代のことだったのだが……。

しかも相手はもう六十歳を過ぎた位の人。思わず口を噤んで、話を逸らせてしまったが、実際、もう「戦後」の話をしてみても、グリム童話の残酷さくらいにしか受けとられないのが現実だろう。

それでもやはり、私は、当時の世相と短歌のことを書きのこしておかなければなるまい。

戦争中、東京にいた、というと、疎開しなかったのですか、と尋ねられるが、学童疎開の年齢ならともかく、私は学校工場、つまり空襲を避けるために一般の校舎に引越して来た工場で、油にまみれて過ごしていたのだ。玉電（玉川電車）の瀬田から新宿経由で西荻窪の東京女子大まで通学していたが、何度目かの空襲のあと、渋谷から省線（今のJR）に乗って原宿あたりまで来ると、五月晴れですっかり晴れていた空が急に曇って来た。新宿駅についた頃には、空一面どんよりと分厚い曇りに蔽われていた。中央線に乗り換えるのに、電車がなかなか来ないので、様子を見に駅の東口（当時はドームの形だった）まで来たとき、おそろしい場面に直面した。曇っていたのも当然、新宿の街は大方焼けて、一面の煙が立ちこめ、目の前の二幸（今のアルタ）のコンクリートの建物の窓が、いくつも煙を吐き、黒い方形の窓からはちろちろと炎が見えかくれしている。陸軍病院から逃れて来たのか、戦争でか病身らしい「白衣《はくい》」といわれる白い患者服を着た傷病兵が、マントをまとい、杖をついて何人か佇んでおり、紺の制服の従軍看護婦がつき添って世話をしている。

新宿の街は空襲で完全に焼けたのだ。妙な風が吹いていた。一面の靄の中から、ひゅうっと冷たい風が顔に触れて行く。その風に、あろうことか、焼場の匂いがした。少し前に祖母を失っていたので、死体の焼ける匂いだと、すぐに気がついた。現代とちがって、火葬の匂いはリアルなものだったのだ。

その後私はやっと学校まで辿りついたが、この時の残酷な印象を、今も鮮明に思い出す。

だんだんに食べものがなくなり、米の配給がなくなり、何と、大豆の絞り粕（油を絞ったあとのポリポリしたもの）が配給された。炒って食べるのだが、味もない。今、コーンフレークを食べると、時にあの感触を思い出す。二度と戦争はしてほしくない。

そんなあとに、玉音放送がラジオを通して流れ、日本は敗戦の日を迎えた。その少し前のこと、ヒロシマに特殊爆弾が落とされたと

いう噂が流れると、今までは、白い服だと空襲で標的になり易いから、黒い服をなるべく着るように、という通達が出ていたのに、今度は、白と黒の防空服を表と裏にして、ふつうの爆撃なら黒を、新型爆弾なら表を白にして着ろ、などという、到底信じられないようなナンセンスな情報が流れて来たりした。テレビはまだ無く、ラジオと新聞だけがたより、の世の中。

ともあれ、終戦（敗戦とはいわなかった）が来て、爆弾や銃撃の心配は無くなったが、それから永く、占領時代が続く。

こう書き継いで来て、自分でも「ああしんど」と思うのだから、戦争のことは思い起こすのもいやだ。そして戦後の混乱と食糧不足にはまた別の苦労があった。こんな中で、私と短歌はどういう関係にあったのか。

雪と涙と

佐藤佐太郎の門下となって、はじめての歌稿が手元に返ってきたのは、終戦から何日も経っていない時だった。昭和二十年八月廿四日の日付が書いてある。送った一首一首にこまかい批評が記されていて、私はこの時初めて添削、批評というものに触れたのだった。何か、まっすぐに進む道を指し示されたような、ふしぎにすっきりした思いがあった。

　九月にはもう佐藤先生は東京に出て来られていて、その頃の添削と手紙が今も手許にあるが、阿佐ヶ谷、伊皿子《いさらご》、蒲田糀谷《こうじや》、そして青山墓地下の家と、短い間に何度も居所が変ったが、私がはじめての歌会に加わったのは、糀谷の時代、昭和二十一年三月ころだった。

　その帰り道、雪が降って来た。歌会では皆の前で私の歌は丸裸にされ、「ここが甘い」「もっと切りとりを鋭く」などと、散々こきおろされて、初体験の私は、それらの一言一言を、剣で身を突き刺されるような思いで聴いたことだった。今まで気分的には自分の文才を信じているような、生意気な思い上がりがあったのを、一気に

ばりばりと剝ぎ取られたのである。たったひとりの帰り道、二子玉川から瀬田への崖道を登っていると、雪が降って来た。私は歩きながら夕ぐれの曇り空を仰いだ。すると、雪が目に入ってきた。その時はじめて、私は眼にいっぱい涙を溜めている自分に気付いた。

「涙って、熱いんだ」。目に降り込む雪片の冷たさ。それが自分の涙の熱さを体験させたのである。その日の涙の熱さと、ふりそそぐ雪の一ひら一ひらの冷気を、私は今も鮮明に思い出す。「ひとりよがり」で甘ったれだった自分を、つくづく恥しいと感じた。それでも私は、身を引いたりはしない、と覚悟を決めた。その後さまざまな面で、つらい目にもこわい目にも出会った一生だったが、それを乗り越えて、ほとんど泣くことを自らに禁じて来たはじまりは、あの雪の日の、こぼれない涙の熱さだったのかもしれない。

戦後派の自由

こうして短歌に近づき、深みに嵌って行く一方、日本の敗戦後、まるで一気に青春を取り戻そうとするように、私は何にでも手を出し、何にでも興味を持った。私と一つか二つしか歳の違わない短歌の青年たちも、皆、戦争から解き放たれて、食べものがなかろうが着るものがなかろうが、誰も気にせずに大いに短歌を論じていたが、仲間の中でもいくらか線引きのようなものがあって、戦いに加わった責任を悔いている「戦中派」と、戦いには利用されただけじゃないか、という「戦後派」との間に、見えない線のようなものが存在していた。私の場合は完全に戦後派、当時の云い方でいえばアプレゲール。この表現は実は第一次世界大戦後の名称なのだろうけれど、古い因習に捉われない、という点では、昭和生まれはまさに戦後派といってよい。現代ではうるさい老年に過ぎないだろうけれど。

何にでも興味を示し、何でも手を出す。危くても何でも、自分で試してみる。決められた規則のようなものを一応疑ってみる。大人が起した戦争なのに、「一億総懺悔《そうざんげ》」などという一言でくくられてたまるか。大人の価値観など信じられない。何に対しても、自分自身で試してみる。自分自身で価値判断する。それで痛い目に会おうと、自己責任なのだから、誰も恨まない。

ずいぶん、生意気な女子学生だっただろう。しかし、当時は一流の先生方がみな、ほとんど手弁当で、学生たちにさまざまなことを教えて下さった。幸運である。主任の西尾実先生は国語学の大家、西洋史は東大の長寿吉《ちようじゆきち》先生、英文学は福田恆存先生、西鶴は臼井吉見先生などなど、今思えば一流の先生方が、戦争が終ったという新しい時代に、最新の知識を与えようと熱心だった。その上、今でいう部活動も活発で、新劇の山本安英さんから演劇を教えられ、木下順二さんからはシェイクスピアの講義を聞くといった具合。ほとんど無償で、皆が若い世代に惜しまず力を灌いで下さった希有な時代であった。

そんな中で、私は関鑑子《あきこ》さんについて声楽を習いはじめた。それ以前から、宗教音楽家の木岡英三郎さんからも指導を受けていたのだが、こちらはオラトリオなどが主で、今思うと冷汗が出るが、女子大のチャペルで独唱したことがある。その際の合唱団は結成されたばかりの東京混声合唱団、指揮は田中信昭さん、と、うそのような豪華版。その一方で、関鑑子さんの紹介で青共《せいきょう》（青年共産同盟）の原さんという素敵な先生に率いられて、当時外地（戦地）から引き揚げて来て居所の定まらない人々のいる「引揚者寮」を慰問して唱って歩いた。こちらは多くはロシア民謡で、「バイカル湖の畔《ほとり》」とか「ペトルーシュカ」「赤いサラファン」などを唱うのである。

前進座の中心にいた河原崎長十郎さんがようやくソ連から引き揚げて来て、読売ホールで「ベニスの商人」を演じて大好評だった時には、幕の陰にいて陰歌《かげうた》を唱っていた。芝居がはねて、長十郎さんが舞台の袖に戻ってきて、大歓声を背に、「ありがとう、ありがとう」と目に涙を溜めて合唱隊の一人一人に握手してくれた、その掌の分厚さと熱さを、私はいまもありありと思い起す。世の中全体が「熱かった」のである。

だから宗教曲を唱う一方で、青年共産同盟の人たちと一緒に「民衆の旗アカハタは、戦士の屍《かばね》を越ゆる……」などと大声をあげて歌っていても、私の中には何の矛盾もなかった。ともかく戦争は終ったのである。空襲の心配、艦砲射撃を受ける心配もしなくてよいのだ。食べるものがなかろうと、お風呂を焚く薪や石炭がなかろうと、お米の買い出しのためにタンスの中からきものが次々に失せようと、ともかく、生きている自由があるのだ。

ただ、一方で、男子学生たちの中には生きていくこと、生きて来たことに疑問を感じ、自ら死を選ぶ学生の多かったのも事実である。東大（当時帝大）に復学したのに、死を選んだ学生を、少なくとも三人知っている。その一人は、着るものがなくて、死ぬまで軍装の外套――カーキ色の将校用の――を纏っていた。戦争とは、限りもなく非情である。

自由と制約と

終戦の時、私は満年齢で十七歳、最も感受性のつよい時期だったと思うのだが、ともかく意欲だけは、人一倍身に溢れていた。幼少のころから虚弱体質で、女子大のころには少々胸をやられ、結核研究所に毎月検診に通わされていた。当時「虚弱学生」には特別に肝油の配給があったが、保健の先生から呼ばれて一ヶ月分の肝油が支給される。それがまた径一センチもあろうかという大型の糖衣錠で、しかもピンク、中は鯨油と思われるにちゃにちゃしたもの。油臭い。一度で懲《こ》りてしまったが、当時は砂糖はもちろん、甘味という甘味が一切手に入らなくなった頃だったから、クラスの友だちがみんな寄ってたかって「私にもちょうだい」「私も」と手を出し、あっという間に無くなってしまう。みんな、甘味に飢えていた時代だった。

戦争が終ってもなお、食糧事情は最悪だったが、それよりも何よりも、この「自由」のたのしさは、若い私にとって、いうにいわれぬ恩寵であった。ただし、西洋史の長寿吉先生は「自由主義」に関して、くりかえし、「自由」とは、何をしても構わない「放縦《ほうしょう》」とは異るものなのだ、と学生に言い聞かせておられた。「人間」としての最低線は、無規律な勝手気儘な「恣意《しい》」との対極に、規律を守る「法」が存在し、その正反合の頂点に真の「自由」があるのだ、と、わけもわからず戦争の束縛から解放されて浮かれている若い学生たちに何度も言い聞かされていた。

学業そっちのけで声楽に演劇に、時には学生仲間で作った「想望」という雑誌の記事や編集にと、「自由」をたのしみまくっていた十七歳の私は、耳の底にちょっぴりこの言葉を染み込ませていた。

「短歌って、〝制約〟があるじゃないの？　ただ自由に表現する自由詩とちがって、〝制約〟があるって、案外、大切なこと？」

頭のどこかに、学問の先達である先生方のひとことひとことの破片が残り、しっかり心に染みついていった。

余談だが、私の母の名は寿、ヒサといったが、母の祖父の秋月天放《てんぽう》と、長寿吉先生の父上、長三洲《ちょうさんしゅう》さんとは、漢学者同士で親しく、しかも、東京の赤坂台町《だいまち》の邸は、隣同士だったそうで、母が生まれたとき、祖父は長寿吉さんの「寿」を貰って「寿」と名付けたのだそうである。そんな話を直接すれば長先生も喜んで下さったのかもしれないが、当時の私にとっては、東大から来て教えて下さる長先生に直接近づくことなど、とても懼れ多くて出来ないしわざであった。

ともあれ、「自由」と「制約」という観念が、どこかで私自身の「短歌観」の中に居座ったのは、あの、勝手気儘な戦後の学生生活の中であった、と、今にして納得するところがある。自由気儘にみえても、己れを律することには厳しくありたいと思って生きて来た根本には、戦中戦後の、もう再びくり返したくない、非道な「戦争」の後遺症と共に、戦後に、若い学生たちに「生きた学問」「生きた芸術」のすばらしさを、惜し気もなく分け与えて下さった文化人、学者たちの熱意が、まぎれもなく灌ぎ込まれたことに由来すると思う。

奴隷の韻律

一方、短歌界には嵐が吹き荒れていた。

いつの時代でも、世代、世相の変化を経過する際には、「伝統」は否定される。明治維新のときにも、正岡子規の根岸派、与謝野鉄幹の明星派が新しい短歌を確立するまで、「和歌」は旧弊の代表として罵詈雑言を浴びつづけた。同じように、昭和の敗戦後、短歌への風当りがひどかったことは、今は誰も言わないが、ほんとうに凄じいものがあった。今まで圧迫されていた左翼系の歌人たちが自由に発表できることはよかったのだが、話は寄ってたかって「戦犯探し」の様相を呈し、文壇の戦犯追及と並んで、短歌俳句否定論が大いに盛り上がったのである。中でも小野十三郎が短歌を「奴隷の韻律」ときめつけた（昭23）ことは、多くの歌人たち、とくに若者たちに与えた影響は強烈なものだった。それ以前に小野は「短歌的抒情に抗して」（新日本文学）の論を発表していたが、それにしてもこの「奴隷の韻律」という命名は強烈だった。若い歌人たちは、〝旧《ふる》い〟といわれることを、いわれなく恐れるところがある。どの時代でもそうだと思うのだがしかし、時代が代っても人が変っても思想が変っても、なぜ短歌という「型」は、千三百年もの時を経て、その「型」を保持できたのか。

佐藤佐太郎は冷静だった。佐太郎を慕って集まった青年たちも揺るがなかった。そして佐太郎は、その答えとして、昭和二十二年までの歌作を『立房』として打ち切り、五年後に第四歌集『帰潮』を刊行する。そのまわりでうろうろしながら、私もまた「短歌」形式を疑うことはなかった。

機を摑む

自筆の歌会

アララギ系の短歌結社、とくにアララギでは、昔から男性優位で、女性歌人を育てることが少なかったが、戦後でもその傾向はかなり顕著であった。それまで比較的女流歌人の育ち易かったのは佐佐木信綱系の「心の花」あたりだったろうか。九条武子や柳原白蓮など、当時の貴族階級の女性たちを受け入れたのと、それらの人々の話題性、事件性などが程よく世間に受け入れられたことも、一種の時代性の先取りのような面があった。あれ程盛んだった浪曼派の「明星」系はすでに力がなく、同系では窪田空穂系の「まひる野」、北原白秋系の「コスモス」などが跡を継いで、新しい世界を展いた。

その中で戦後になって女性歌人を輩出したのは「まひる野」から独立した馬場あき

子の「かりん」が断然多いようにみえる。

とり立てて短歌を男性風と女性風に弁別する必要はないと思うが、釈迢空が戦後、「女人の歌を閉塞したもの」（短歌研究一九五一・一）をわざわざ書いた理由は、古くはアララギの選者でもあった迢空が、アララギの「写生」の在り方に疑義を持って外へ出てしまったことの意味を卒直に伝えてくる。

迢空はアララギの写生の手法に疑念を抱いていたのであろう。アララギでは昔風に礼儀に厳しく、師弟のきまり、先進の論への反駁を評さないような「序列」が潜在

していたと思う。また、沼空がなじめなかった一つには、古典に対する尊敬がアララギに於いては『万葉集』に限られ、「万葉調」が最高のものと位置づけられていた点にもあるのではないか、と思う。

私自身、先輩たちからは『古今集』や『新古今』など読むな、と厳しく言われていたし、ともあれ『万葉集』の卒直さこそが大切だと思い込まされていた。しかし後年になって、『源氏物語』にとりついたとき、もし読み手が『古今和歌集』を知らなければ、その描写の裏の深さの片鱗も読み解けないのだ、ということを知ったのであった。

ややこしい話はここまでにしよう。私は佐藤佐太郎の作品に熱中して、その門下に入ったのだが、佐太郎が青山の「墓地下の家」に一家と共に引越して以来、始終べったりとその周囲を離れなかった。ともかくも、まだ面会日もきめられていない時期で、歌ができればノートに記して持っていく。時間構わず、相手の都合構わず、である。そして、歌会も毎月催されていた。

当時はコピー機のあるわけではなし、集った弟子たちは、わら半紙を短冊型に切って、その中に、これぞという自作を記すのである。名前は記さない。そして、それが集められ、各片に番号が振られる。各自にわら半紙が配られ、各々、1、2、3、と上部に番号を書く。そして、司会者が、集めた出詠歌を、それぞれの手に渡す。たとえば最初に13番が回ってきたら、13の記号の下に、その歌を書き写す。書き終ったら決められた方向の隣客に短冊紙を渡す。次に回ってきたのが2番の歌だったら、2の下に記し、ただちに隣客に回す。番号順に回って来なくても、番号をたしかめて書く。次々に空白が埋まり、三、四十分もあれば、出席者一同、皆その座の短歌を共有できるのである。

現代の人がきいたら、何という手間ヒマかと思われるだろうが、これは意外にも大きな効果を持っている。つまり、他人の歌を一首一首間ちがえないように書き写す行為によって、その間に、その歌の意味や主張、仮名づかいの正誤、すばらしい発想などを、誤ることなく知ることができる。書き写し終ったころには、一同、各作品に対する各自の批評の礎がはっきり認識できる、という寸法である。

ちかごろのように、歌会の際、パソコン原稿のコピーだと、ぱっと見てぱっと批評することになり、なかなか一首一首の工夫や真価が読みとれない。読み過ごしやすい。こうして時間をかけて一人一人が一首一首を鑑賞することで、批評も確かなものになるし、読み落としや読み違えはなくなる。時間をかけることの大切さを、今思うと、改めて感じるのである。

一番多かった時、五十三名ほど集まったことがあって、円座になって坐り切れず、二重になって坐ったことがある。当時は無論、畳である。時間もかかったろうけれど、思い出すと、熱気にみちた青年たちが粛々と歌を書き写し、次に回して行く紙の音、皆俯いてペンや鉛筆を運ぶかすかな音、戦後でまだ坊主刈りの青年たちの頭のかたちまで、まざまざと目に浮かんで来る。物もお金も食べものも乏しいあの戦後、こんなに熱気にみちた会合を毎月持てたことに、深い感動と幸せを感じるのである。

就職低迷す

昭和二十二年の三月に東京女子大を卒業した私は、出版社二社を受けて合格はしたのだが、自由な選択はできず、またしても父の意向に従って、作家長田幹彦さんの許に送り込まれた。その理由というのが、長田さん曰く、「お嬢さんをそんな水商売のような処には行かせるのはよしなさい。私が預かろう」という、これまた今では考えられない忠告だった。長田さんは東京高師附属中学（当時のエリート校）時代の、ボート部の先輩であったそうだ。おまけに奥様が母と同じ三輪田女学校のご出身。親は安心だろうけれど、娘としては窮屈でかなわない。

しかし私はそこで、原稿の割り付けから校正から、古い小説を少女小説に書き直す仕事まで身につけることができた。のちに、長田先生から父に、「お嬢さんを本気で作家にする気があるかどうか」と問合せがあったそうである。が、その時にはすでに婚約者がいたので、父はそれを拒ったそうで、私はその後じきに御役御免となり、しばらく新宿紀伊國屋書店の洋書部につとめた。そのころ、中村草田男さんが「万緑」という俳誌を作るので手伝わないか、という話が、人づてに来たことがある。わーっ、と思うほど、私は行きたかったのだが、というのは、当時から草田男作品の大ファンだったからだ。しかし、待てよ。私は、短歌を作る道を選んだのではなかったか。

考えたあげく、私は洋書部で馴れないフランス語の輸入係の一端に連なることになった。父はフランス語でも英語でも自由に読める人だったから、私に初歩のフランス語の文法の本をくれたのだが、邦訳がついているわけではないし、発音もさっぱりわからない。外語大を出た先輩にさんざんひどいことを言われながら、恥を承知で尋ねては覚えていった。そこにいたおかげで、当時の稀覯本（ヴィヨンの全集の小型本など）のいくつかが、私の書棚に今も眠っている。

短歌は救いか

そのあと、私は学生時代から知り合っていた婚約者と結婚して、新しい環境に入ったが、この結婚ははじめからもう、失敗だった。未亡人の姑、出来のいい弟、心のやさしい妹、それにネコ。一番の問題は夫で、私の見込みちがいも甚しかったのだろうけれど、結婚早々から〝もうダメ〟。それでも私は五年間、そこにいたのだから、我慢づよいといおうか鈍いといおうか。
短歌は、私の心の救いとなった。

あらあらしき春の疾風《はやち》や夜白く辛夷《こぶし》のつぼみふくらみぬべし

後に出版された『さるびあ街』(松田さえこ名)の冒頭の一首け、一九五〇年のものだ。あきらかに佐藤佐太郎の影響がよみとれる。

愛憎を超えむとしつつ平らぎてもの言ふときにきざすかなしみ
きざし来る悲しみに似て硝子戸にをりをり触るる雪の音する

「きざし来る悲しみ」を二首共に歌っている。今思うと、よくもまあ五年も我慢したものだと思うが、時代が離婚をまだ許さない空気を持っていた。

芽の白きグリンピースを沈めたる水に雪ふる店先を過ぐ

世田谷にあった家から坂を下ると、八百屋があった。そこに桶が置いてあって、グリンピースが水に浸けてあった。じっと時を待っているような白い芽が、薄い皮を被って水に沈んでいる。何か今の自分を見ているような気がした。

この八百屋には背の高い姉妹がいて、年齢は私よりかなり上だと思うのだが、私のことを「おばさん、元気ないね」などという。まだおばさんと呼ばれたことのない私は、「どうしておばさん、て呼ぶの?」と聞いてしまった。すると彼女「あらだってサ、結婚してる人はみんな〝おばさん〟だよ」……なるほど。

歌壇へのきっかけ

そんな折だった。よく行く本屋で「短歌研究」という雑誌を見つけた。佐藤先生の所でたまに見かける綜合雑誌、という認識はあったのだが、何気なく雑誌をひらいてみると、大きくとり上げられていたのが「中城ふみ子」。第一回の五十首詠の第一席に入っていた。「乳房喪失」というショッキングな題がついていて、写真もあり、思わずひきつけられてしまった。

家に帰って、食事も終り、二階へ上がって、どうせ夜中までは帰って来ない夫を待つまでもなく、その五十首にひきこまれた。

「えーっ、こんなこと、短歌で言っていいの？」


唇を捺されて乳房熱かりき癌は嘲ふがにひそかに成さる　　中城ふみ子

巻頭一首目である。ポルノ小説ではあるまいし、女人はつつましいのが本然では？まだ世に揉まれたことのない私は、ふッとあからさまに過ぎる、という印象を持った。

この感受を、私は今もまちがっていたとは思わないが、短歌も文芸なのだから、もっと自由でいいのだ、という肯定感もあったのだろう。この五十首詠は短歌界のみならず、一般世間にも大きな衝撃波となって世論を席捲した。当時賛成論の多い中で、ひとり松田さえこの名で、反対論を書いたのが、古い「短歌研究」の中に残っている。名もない女流が何か言っている、位にしか見られなかったと思うが、女人が賛成も反対も言えない雰囲気ののこっていた当時だから、記事に拾われたのだろう。

道は自から拓ける

結果的には、私はこの中城ふみ子の衝撃波を浴びたことで、「歌人」を目ざすきっかけを摑んだようである。今思えば僭越なことだが、このような女流短歌が皆の目を引くのなら、私自身も、今の私を短歌によって表現して、皆がどう評価するのか、知ってみたい、という気持になったのである。

懸命になって五十首を作っていった。

苦しみを相分つこと遂になからんと思ひて夜の障子を閉ざす

デパートの階下るときたまたまに高架電車と同じ高さとなる

凪つよき西日の中を坂のぼる孤りの吾の影明らけく

昭和二十九（一九五四）年だったと思う。中城ふみ子の新人五十首詠はたしか四月号だったが、第二回目はその十一月号に、矢継早やに発表されたのだった。特選は寺山修司。その他大勢の入選の一人に「松田さえこ」の名が載った。

今思うと、僥倖としか思えないが、その時編集長の中井英夫と初めて出会った。というより、締切日までに急いで書いて出した稿が気に入らなかったので、まだ若かった私は、ダメならダメのダメモト！　と希望を託して、もう一度五十首詠を練り直し、当時神田にあった短歌研究社に出向いたのだった。

もともとは改造社から出ていた「短歌研究」は、当時は日本短歌社から発行されていた頃で、社長が木村捨録、編集長は中井英夫、という布陣だったが、当方は何も知らず、住所を探して神田まで出掛けて行った。

木造の小さな家屋で、ギシギシ軋む木の階段を昇っていくと、二、三人男性社員らしい人がいて、こちらの来意を告げると、「まあお掛けなさい」と椅子をすすめられた。ちょっとおしゃれなツイードの上衣と、たしか緑のズボンだったと思うのだが、これが中井英夫との初対面で、その後奇妙な交遊は彼の亡くなるまでつづいたのだった。奇妙、というのは、彼は女性に興味を持たない人だったのだが、同じ東京の山の手育ちで環境が似ていたせいもあり、独特の友情のようなものがずっと続くに至るのである。およそ友だちの出来ない人で、勝手で我儘で、それでも私だと「まァたはじまった！・」で済んでしまう。

その中井が後に語ったのだが、ふつうだと後からの投稿は受けつけないのが極まりで、預りはしても外してしまうのだそうである。しかしこの時、私が階段から昇って来た時、「あっ！・」と思ったのだと彼はいうのである。何かといえば、袖なしの真赤なブラウスの、それもダブルボタンのようなのを着て、絹綾の紺のスカート、それに緑のサッシュベルトをしめていた、と彼はいうのである。私は赤が似合わないので、大方は黒か水色、という好みだったから、彼が何度そう言っても、「へえ?」と曖昧な返事しかできないでいたが、そして覚えてもいないのだが、「そうでなければ一応受けとっても屑籠へポイ！　さ」だったという。ともあれ、赤と緑と紺などという、あまり私の好みでない色彩の印象で、この五十首詠は生きのこり、当時の女流新人としての「松田さえこ」は、一応歌壇に登場したのだった。

と同時に、私にはもう一つのチャンスが訪れた。NHKにいた女子大時代の友人が、いきなりディケンズの『オリヴァー＝トゥイスト』その他を十冊程も持ち込んで来て、これを三十分のラジオドラマに書いてみてくれ、

という。ラジオ原稿の形式も知らない私に、である。仕方ないからいい加減に仕上げて送り返すと、NHKに来てくれという。行ってみたら実はこれがオーディションで、NHKでラジオ台本を書く気はないか、とのこと。民放が出来た頃で、NHKの作家が不足していたらしいのである。えーッ！　夢ではないの？　これって。……でも、チャンスだ！

私はこれを機に、家を出てしまった。実家の母は離婚するなんて、世間様に……などと言ったが、父は「よく今まで辛抱した。すぐ出て来い」と言ってくれた。そんなこんなで、私の二十代は一生かかっても経験できないような目に何度も遇ったわけだが、いつもその裏には短歌の支えがあった。要するに、「ことばの訓練」がかなり出来ていたことで、行く道は自然に展けたのである。もっとも、今思うと、それまでもかなりの投稿魔で、雑誌や新聞に、童話だの今日の話題など、あちこちに書き散らしていた。名は変えていたけれど。

歌集『さるびあ街』顚末

放送の世界へ

昭和三十（一九五五）年といえばまだ敗戦後十年、それでも昭和二十五年に朝鮮戦争がはじまり、その影響もあってか、日本はかなり景気がよくなって来て、戦後のように食べるものも着るものもない東京から脱して、徐々に華やかになっていった。夕方になると必ず停電していたのが、ようやく街にも光が溢れはじめ、家庭では「三種の神器《じんぎ》」などといって、電気釜、電気冷蔵庫、電動洗濯機が備えられるようになった。「三種の神器」などといっても、今時の人は知らないだろうけれど、戦前戦中の歴史の中に必ず出てくる皇統の象徴、として伝えられて来たという「八咫鏡《やたのかがみ》」「天叢雲剣《あめのむらくものつるぎ》」「八尺瓊勾玉《やさかにのまがたま》」のこと。歴史の教科書にまで出て来るから、当時はまだ誰でも知っていたのである。

そうした世相の中、女性の職場は少しずつふえていった。戦時中までは、女の職業といえば学校の先生の他には看護婦さん、産婆さん、髪結《かみゆい》さん位、他は女工さん、電話交換手さん位のもの。それも「職業婦人」などといって、一種の差別視されていた位なのが、ようやく放送局や通訳、翻訳家、編集者など、働く場がひろがりはじめていた。

一方、女性で歌人などというものは、九条武子とか柳原白蓮とか、有産階級の人のもの、旧式のものという視線が世間の常識になっていて、時代遅れのもののようにさえ見られていた、といっても過言ではないだろう。

実際、そんな中で突然別世界にとび込んだ私は、放送という世界に馴染むのに結構苦労があった。ことば遣いから服装から、どうしても「奥様」風に見えてしまうらしい。とくにラジオはことばで勝負する世界で、当時はアナウンサーもフリートークではなく、原稿を読む時代だったから、「書きことば」から「喋りことば」に馴れるのもたいへんだった。

とくに短歌ではことばを短く、感情をこめるクセがついていたのが、短くても長くてもいけない。耳だけで聴いてわかるように砕かなければいけない。一般の会話風でなく、なるべく感情を表わさないように、わかり易くソフトに書かねばならない。

それでいて、プロデューサーやライターたちは、速さを競うような面があり、ツッといえばカァと反応しないと「勘がわるい」と莫迦にされる。最初のころ、四百字で一分、といわれていたのが、あっという間に四百字四十秒位に速くなった。今ではもっと速いはずだ。しかも喋る文字にメリハリがないと、読み手からも文句が来る。

それに馴れるのは一苦労で、もはや短歌どころではなくなった。「奥様だからネ」などと厭味をきかされながら、ともかくも小さい仕事から任され、取材記者のような仕事もしながら、何とか生きていた。一方、漸

く離婚話が成立して、多少慰謝料を貰ったが、こんなもの、置いておくのも嫌なので、それを元にして処女歌集『さるびあ街』（松田さえこ名、一九五七年、琅玕洞）を刊行した。

当時の歌仲間たちは皆若く、佐藤佐太郎門下になった終戦前後、みな十代だったから、それから約十年、そろそろ歌集を出したいというので、皆で積み立てをはじめていた。いわゆる「無尽」で、積立ての中から順繰りに歌集を出そう、という手筈だったのだ。しかし私は皆の先陣を切って、離婚の慰謝料を処女歌集に注《つ》ぎ込んだ。蛮勇をふるったような気もするが、これで心にも決着がついた。

信じたき心ふたたびいましめて畳に置けり黄色の鞄
冬の苺匙に圧《お》しをり別離よりつづきて永きわが孤りの喪《も》

などと並んでいるのが、

サルビアの小花散りしく黒土のうるほふごときゆふべとなりぬ

ＮＨＫ時代の取材の帰途、日比谷公園での所見である。

「夢のハーモニー」のころ

当時は放送界には放送界用語のような独特なことばがあって、多分それは映画界、演劇界、音楽界などと共通の言語というか、業界用語なのだろうけれど、その使いこなしとことばの速度、間のとり方など、その流れに乗らないと、話が合わないのである。また、ライター室というのがあって、薄い壁で仕切られた空間に机と椅子があり、流行作家がひたすら書いていたりする。時間に追われながら書くのも、職業柄、仕方ないのであろうが、音のないその空間が嫌で、私はいつか近辺の

地下の珈琲店で書くことが多くなった。当時は音楽喫茶というのもふえていたが、まだバックミュージックもろくにない、ただの空間。しかしそこには都会独特の静寂があった。誰も大きな声で話したりしない。気を変えるために何軒ものなじみの喫茶店が出来た。だから今でも、たぶん喫茶店で書けといわれれば書けると思う。珈琲をのみながら短歌をまとめることも、昔の習慣が尾を引いているのかもしれない。

かなり馴れて来たころ、小さな帯番組を持つことになったが、番組のプロデューサーに呼ばれて、「帯を任せるのだから、一本の稿料を下げますから」と宣告された。そうでなくても安い稿料なのに。なぜ？　とたずねたら、答がふるっている。「今まで通りだと、課長の給料より高くなってしまうから」

現在なら考えられない申し出である。こちらは自由業、向うは正式の局員なのだから、比較できないのに、である。当時、婦人少年課といったその女性課長の差金だったようだ。反対はできないから、そのまま受け入れたが、そのあと、年長の女子局員からお茶に誘われた。戦後、瀬戸アナウンサーという名アナウンサーがいて、彼女はその未亡人だった。瀬戸さんの歿後、ＮＨＫに勤務していた。ただ一人、常にきもの姿なのが独特だったが、若い人たちから怖がられていた存在なので、私にとってはあまり話した事のない人だった。「あなた見てるとね、私、ほっとするのよ」と、珈琲店で対き合った彼女はいきなりそういった。「ふつうの奥様の気風が残っているから」——？・？・？　私、みんなから「奥様」ってけなされているのに？「あのね、言っておきたいことがあるのよ」と彼女は言葉を継いだ。

「ＮＨＫ専属にならないか、って言われなかった？」

そういえば、課長に「専属になるといいわね」と最近言われたことがあったが、意味がよくわからないでいた。彼女のいうには、自分は夫の歿後、専属のプロデューサーとしてＮＨＫに勤めているが、正式に試験を受けて入局したわけではないので、他の局員と同じように、否、それ以上に働いても、時間外手当も、ボーナスも支給されていない、それが「専属」の実態なのだという。

「だから、あなたは、専属の申入れがあっても、よろこんじゃだめ。あなたなら、他の局でも活躍できる力があると思うのよ。そのことだけ言っておきたくて」

専属ライターになれば、仕事にアブれることはないから、有難い申し出なのかと思っていたのだが、実は反対なのだった。他局の仕事は出来なくなる、ということなのにはじめて気がついた。この忠告はほんとうに有難かった。何も知らない私を見て、忠告してくれたその親切を、今思い出しても改めてお礼をいいたくなる。どこかで私を救ってくれる人が必ず出てくるのは、私の運というより、目にみえない何かの加護の下にいるからなのかも……。「感謝！」である。

その後、ニッポン放送をはじめとして、日本テレビ、フジテレビ、NET、ラジオ関東などなど、仕事の幅はどんどん拡がり、音楽番組もドキュメンタリードラマもこなしたが、一番永かったのがNHKラジオの深夜番組「夢のハーモニー」という音楽番組で、二十年に亘ってここでは放送詩を書き、『詩集・植物都市』（尾崎磋瑛子名、一九七二年、白凰社）となった。この中からは合唱曲や独唱曲になったものが幾篇ものこった。短歌において「耳で聴いてわかるように」「音韻」「律調」（音韻と律《リズム》・調《しらべ》）を大切にするように、という私の基本的な主張は、このあたりの経験が下敷きになっている。

「青年歌人会議」と「新唱十人」

昭和三十一年、当時角川書店から出版されはじめた短歌総合誌「短歌」の編集長だった斎藤正二さんから招集がかかって、当時の本社屋の向いにあった望洋荘？とかいう旅館の一室に、当時の若い歌人たちが集められた。國學院大学の大学院にいた阿部正路さんが事務を司り、旧い短歌から新しい短歌へ、結社を超えて新しい波を起こそう、という檄が飛ばされた。この時はじめて、閉塞的だった結社の枠を超えて、当時の新人たちの交流の場ができた。定期的に会合を持とう、新しい短歌・歌論を模索して、新時代の短歌を開花させよう、という合意が成り立ち、さまざまな会の名が挙げられたが、私の提案がすんなり通って「青の会」に決った。大西民子、馬場あき子、富小路禎子、北沢郁子など、他の結社の女流とはじめて出会ったのはこの時だった。歌壇に「新しい風」が吹きはじめる原点となったのが「青の会」で、「未来」の岡井隆、「まひる野」の武川忠一、橋本喜典、「コスモス」の島田修二などともその時に知り合ったように思う。

そのあと、「青の会」がすぐに発展解消して「青年歌人会議」となり、「短歌」編集長は斎藤さんからかわって、元「短歌研究」編集長の中井英夫（中城ふみ子、寺山修司などを売り出した人）が裏で辣腕を振るった。

新しい波が起っていた。若い熱気にあふれていた。新しい仲間がどんどんふえた。終始会合が持たれ、新しい知識はぐんぐん心に沁み込んでくる。関西から塚本邦雄や前登志夫が上京して加わることもあり、もっとも新しい情報が水も滴るような新鮮さで仲間の心をうるおした。

以前ネフローゼで入院していた寺山修司が学士会館での誰かの祝賀会に出席してきて、同じテーブルだった時、彼は卓上の塩の瓶と胡椒の瓶を見比べて、「ぼく、これ貰っとく」と、塩の瓶をズボンのポケットに入れるのを実見して、あ、この人、まだ死なないなあ、と思ったことがある。後に日本文藝家協会長（当時）を務めた篠弘は、そのころまだ大学生で、学生服のまま雨傘をさしかけてくれたのを、まわりが「お、相《あい》合傘《あいがさ》！」などと冷やかしたり、まことにのんきな青春の交際だったが、一方、赤色旋風というか、先鋭な思想を主張する中里久雄のような人もいて、議論は白熱する。短歌は、主義主張に統一されるべきものではない、と考える抒情派の私などは、てんからつぶされてしまう。中里の奥さんで新鮮可憐な歌集『空を指す枝』を遺した三國玲子は柔らかで好意のもてる人だったが、この人は後、夫と共に入院していた病院から飛び降りて自ら命を絶った。その際、その事実を聴いた馬場あき子から電話が来た。馬場さんはその報を聞いた時まず、「顔、大丈夫だった⁉」と思わず尋ねた、と言う。「大丈夫。窓の下の草むらのしげみで、顔は全く傷無かったって！」

ほっとした。同時に、女人同志、という実感と安心感があふれた。一報を馬場あき子の口から聴いてよかった、と思った。

その辺りから、前衛短歌の時代がやってくる。塚本邦雄、前登志夫、山中智恵子の関西勢、やがて演劇に軸足を移した寺山修司、中京出身の岡井隆、春日井建、東京近辺の馬場あき子、篠弘。まだ松田さえこを名乗っていた私はいわば最右翼で、それでも当時、中井の選んだ「新唱十人」の中に入っているところをみると、やはり新人としての未来像を期待されていたのかもしれない。

よく知られている戦前の「新風十人」は一九四〇（昭15）年に八雲書林の鎌田敬止氏の企画で八雲書林から発行された十人の合同歌集で、戦時中だったから賛否両論あったが、確かに短歌界の未来を荷う人々の力作百数十首とエッセイで、その十名を列記すれば、筏井《いかだい》嘉一、加藤将之、五島美代子、斎藤史《ふみ》、佐藤佐太郎、館山一子、常見千香夫、坪野哲久、福田栄一、前川佐美雄、いずれも戦後短歌をしっかりと支えた人々であり、またこの年、その何人かが立て続けに歌集を出している。しかしその評価が改めて認識されるのは、戦後もかなり経ってからの昭和三十年代半ば（一九六〇年代）に至ってからだった。

それにあやかったのか、「短歌」では中井編集長が「新唱十人」を企画した。メンバーは、塚本邦雄、安永蕗子、田谷鋭、中城ふみ子、浜田到、岡井隆、春日井建、寺山修司、石川不二子、それに松田さえこ名の私、の十人で、この内すでに殆どが故人となってしまったが、あの時代のことを考える時にはもう一度光を当てて良い選抜だったのかもしれない、と思う。

中井英夫がある時、「どうして僕といっしょに翔ばなかったんだよ」と私に言ったことがある。佐藤佐太郎一辺倒の私にいらいらしていたのだろうけれど、私には私の信念のようなものがあって、そう簡単に流行に乗って〝翔ぶ〟気はさらさらない。中井さんに乞われて雑誌「短歌」の編集やインタビューも手伝ったが、もともと私には〝前衛〟や〝実験〟は似合わない。最右翼でもいいから、「短歌」、「ことば」の護り手でありたい、と思っていたから、人から見ればずいぶん堅い人と思われていたかもしれない。

『さるびあ街』の名

歌集『さるびあ街』は日本歌人クラブ賞（当時は日本歌人クラブ推薦歌集）を受賞して、ともあれ歌壇の新人として認識されるようになったが、この題名については一悶着あって、「短歌」に掲載された一連に「サルビアの街」の題をつけたら、中井編集長に「〝の〟は不要」といわれて「サルビア街」として発表したことがあり、私はこれが現代調でいいなと思ったので、歌集では平仮名を使って『さるびあ街』に決めたのだった。

いっとき、街の一画を彩る晩秋の赤。ＮＨＫがまだ田村町にあったころで、取材の帰途やニッポン放送への往還に日比谷公園を抜けて帰る際、そのふしぎな明るさと影の対比に心魅かれていたのだった。

この命名はしかし、佐藤先生の激怒を買った。「何だ、この『モルグ街の殺人』みたいな題は」そうでなくても無口で、一語一語に重量感のある佐太郎の一喝。首を縮めたが、私はひるまなかった。後から知ったが、戦前には、第一歌集は先生に命名して頂くのが礼儀だったとか。戦後派《アプレゲール》の私は、「でも、これって、私の歌集なのだから」と、下を向いてじっと黙っていた。数十分。ついに先生の方が折れて下さった。「まあいいか。君の歌集なんだから」そして、序文も書いて下さった。その最後に曰く、「『さるびあ街』といふ題名に見られるやうな才気が、底の方にしづむのがよいか、よくないか、それは私にもよくわからないが、兎も角も新進としての実質を盛ったこの新歌集の門出を祝福する。昭和三十二年六月十日。佐藤佐太郎記」

青年歌人会議のこと

ライターの実体

思い出すままに筆を進めていると、つい年代的な事項が入れ替ってしまったり、前後錯綜気味になり勝ちだが、ここでは「青年歌人会議」時代のことをいくつか筆に任せて述べておきたい。

それより以前、昭和二十九（一九五四）年の「短歌研究」四月号で中城ふみ子の歌にはじめて触れてショックを受けたことは既に述べたが、幸いなことに、「乳房喪失」五十首が入選を果したその雑誌が、いま手許にある。紙質も悪く、日焼けも起してはいるが、まだ解体はしていない。たまたま他の本を捜していて偶然見つけたのだが、

唇を捺されて乳房熱かりき癌は嘲ふがにひそかに成さる

メスのもとあばかれてゆく過去がありわが胎児らは闇に蹴り合ふ

巻頭からして、今までの女性歌とはまるで異る色彩を持ち、迫力に富んでいる。

灰色の雪の中より訴ふは夜を慰されぬ灰娘《サンドリヨン》の声
失ひしわれの乳房に似し丘あり冬は枯れたる花が飾らむ

一首目の中の「訴ふは」の語は、本来なら「訴ふる」のはずだが、その舌足らずさがまた、「サンドリヨン」などの西欧っぽい音《おん》とイメージを支えている、というふしぎさがある。

第一、女人が堂々と乳房や唇を歌うなんて、当時の私の中では到底許せない範囲の歌材だったし、羞恥心が無さすぎる、という反発があった。にも関わらず、私は次回の五十首詠に臆面もなく投稿しているのだ。明確な自覚があったわけではなく、耐えに耐えて来た自らの心情を、真直ぐに見直してみよう、という内部的な衝動があったように記憶している。

ところがこれは全くの余談になるが、この号には、志賀直哉と佐佐木信綱の対談が載っていて、若き日の木下利玄のことが語られているのも興味深い。二人がまだ現役の時代だったのである。

ところで、このあたりから、前衛短歌運動が勢いを得てくる時期に入るのだが、その前年、昭和二十九年には、二月に斎藤茂吉が亡くなり、同じ年の九月に釈迢空が没している。まさに歌壇では「二巨星墜つ」という表現そのままに、時代に一区切りついたような感覚があった。

そんな中でまだ若かった「松田さえこ」は、ともあれ世の中の波の中に放り出されたのであった。今でも同じだろうが、文筆で生活して行くなどということは、決意しただけではにっちもさっちもいかない。文才があろうとなかろうと、注文側の要求通りのものを、時間制限つきで書き上げて渡さなければならない。油断も隙もあったものではない。あるときニッポン放送での音楽番組の打合せで、プロデューサーの机のそばに坐って脚本のツメにかかっていたときいきなり頭の上から声が降ってきた。

「おお、おお。お嬢さんはいいなぁ、仕事づる攫むと放さねぇんだからなぁ」

後ろから覗き込むようにしてこう言い掛りをつけた男がいた。Mという、本来はプロデューサーだったフリーライターである。「えっ?」と思ったが、返事もせずにいると更に、

「お嬢ちゃんには養う家族なんかいねぇんだろ。俺なんざ、妻子抱えて食ってかにゃならねぇんだ。今日はさぁ、俺は、仕事貰わなけりゃ帰《け》ぇんねえぞ」

びっくりしてプロデューサーの顔を見ると、鉛筆を指の間に挟んでくるくる回しながら苦笑している。相手と目を合わせないようにしているらしい。そのまま黙っていると、彼は息巻きながら他のプロデューサーの机へと移っていった。これが自由業、フリーライターの怖さなのだ、と身に沁みたが、私は私。それにしても、自由業というものにはいつも生活の不安定がつきものだとは、身に沁みて感じたことだった。

身を削る思いでラジオ台本やTV台本を書くより他なかった私にとって、青年歌人会議の会合は、ほんとうに魅力的であった。世の中全体が左翼寄りの風潮のつよい時期だったから、議論もとかく左寄りに尖鋭になったりし易いのだが、私自身は最右翼を自称していて、「集団」よりも「個」の確立の方が大事だ、などと公言していたし、意見の統一に対する拒否反応も強かったようだ。どちらかといえば理屈はごめん、勝負は作品で、という傾向があった。当時は進歩的といわれる人ほど左翼思想を標榜していたのも、時代性というべきか。

集まって来る女性歌人の中には、大西民子、馬場あき子、富小路禎子、北沢郁子などがいた。馬場あき子などは長い髪を後ろで一つに束ねて、白いブラウスに地味なスカート、小柄でぽっちゃりと可愛らしい。男性たちの白熱する議論を、外から眺めているような、客観的なところがあった。私が家を出て放送界に仕事を得たころ、その会合に出席した私は、馬場さんを捉えて、「家、出ちゃった。ハハハ」と笑ったのだそうである。当時はまだ離婚など滅多にできない時期だったから、驚いたのかもしれない。しかしその後、馬場さんからも、ご主人とそのご両親を置いて家を出たことを聞かされた。「これは勝負なのよ」たいそう可愛がって頂いたのだけれど、と彼女は言った。結局、ご主人は後から馬場さんの処に来て其の決着はついたものの、皆、いろいろあった青春であった。大西民子は別れたご主人のことを忘れられないでいたし、富小路さんも北沢さんも、ずっと独り身であった。独立を心がけた女人にとって、あの「戦争」「戦後」は、自らを信じて生きるより他ない時代だったのである。

覚悟とは

一方、放送界に入って、今までと全く異った「異界」に足を踏み入れた私は、毎日が真剣勝負、疲れ果てて佐藤佐太郎先生の家に行くことがあった。『斎藤茂吉全集』の手帳の一部の原稿起しを手伝ってもいたので、よく青山五丁目の家を訪れたが、或る時、いつものように無遠慮に庭から入って部屋に上ると、きもの姿の女性が二人座って、先生と話をしていた。そして私がガラス戸を開けて入っていったのをきっかけにして、二人は帰ろうとした。先生は私を二人に紹介して下さった。そして、「これ、真鍋美恵子さん。こちら遠山光栄さん」

二人ともその頃新進気鋭、というよりすでに名のある女流歌人たちである。私は恐縮しつつ挨拶した。当時、佐藤佐太郎の歌が好きで、個別に、もしくはグループで、ひそかに添削を受けに来ている女流歌人が何人かあった。遠山光栄さんは「竹柏会」出身で、佐佐木信綱門下、真鍋美恵子さんは信綱の弟に当る印東昌綱門下で育ち、二人共根っから

の「心の花」派。とくに遠山さんはその頃『褐色《かちいろ》の実』という歌集が評判だった。また真鍋さんには後々までよく呼び出されては銀座あたりでご馳走になる羽目に至るのだが、この時お二方にはじめて紹介されたのだった。

お二人が帰って行かれたあと、さて私は何かお手伝いできることがあるかな、と思いながら椅子に坐ると、前面の定位置に坐られた佐藤先生から、ふいに、こう尋ねられた。

「君、君は短歌のプロになる気があるのか？」

いきなりバットで脳天を叩かれたような衝撃だった。

プロ？　短歌の？……。短歌にももちろん、他の世界と同じく、趣味的なアマチュアと、職種としてのプロと、区別がある。しかし、どこでその線を引くのか。自分からプロですといえる実力があるわけでもなし、第一、短歌一筋では食べて行くのもおぼつかない。

私はぐっと答えに詰ったまま、目をぱちぱちしながら先生の顔を見返していた。一体、何を求められているのか。先生は黙って私を見ておられる。決意を迫られているのはわかる。しかし今の今まで、プロ意識などまるで無かった私である。口の中でもごもご答えを探している私に対して、先生はじっと見ておられた後、

「もしプロになるつもりなら、覚悟が要る。私の方にも責任がある」

重いことばであった。いくら才能があろうと、いくら短歌が好きであろうと、いい加減な作品や歌集を出したら、消滅する他はない。怖い。怖いけれど、これは、しっかり受けとめるべき問いにちがいない。

「はい。あの、努力してみます」

と文字に書くといかにも優等生だが、もう口の中はカラカラ。唾も出て来ない。じわーっと重い責務が肩のうしろにくっついて離れない。身じろぎもできない。

「巧い歌は要らない。佳い歌が要るのだ」と以前から聞かされていたのはこのことだったのか。いま、覚悟を試されているのだ。

——こんな一幕のあと、じきに現代歌人協会が発足し、私もその端に加えられたのだった。佐藤先生のおられる会場の、先生のそばに、おっかなびっくり、名のある歌人たちが壇上に上がったり、話し合ったりするのを眺めていた。どうやら私は、それらしい覚悟も無いままに、プロ歌人の仲間の端っこに加えられることになったようであった。

飲み方教授

当時のＮＨＫはまだ田村町にあって、すこし歩けば日比谷公園、目の前を走るのはチンチン電車と呼ばれた「市電」で、電車の上にポールがついていて、上に架かる電線から動力を採るのである。日比谷公会堂は幸い戦火から焼失を免れていて、Ｎ響（ＮＨＫ交響楽団）や、主役はともかく群舞がまるで素人のバレエ「白鳥の湖」の上演があったりした。ＮＨＫの主催だと、折々売れ残りの切符を貰っては観に行っていた。セルジュ・リファールの美しい踊りも見た。

ちょっぴり仕事に馴れて来たころ、ラジオの短歌講座を受け持っておられた木俣修さんが、収録後、時に声を掛けて下さるようになった。

婦人少年部の入り口に巨きな体軀を現わすと、ぐるりと部屋を見回して、

「おーい、いるかぁ」

忙しい仕事をこなして机に坐ったり立ったりしている局員たちが一せいに振り向く。番組担当のディレクターの空いた席を借りていそぎの仕事をしている私にその声が届く。

「出られるか?」

「はーい、出られます」

こんな時は、局員でなくフリーの私はまことに都合がよい。ちょっと苦い顔の課長も、黙認するしかない。おまけに相手は短歌界の御大で、レギュラーなのだ。私はいそいで片付けて、いそいそとお伴をする。当時はたしか昭和女子大の教授、世田谷に住んでおられたので、たまに遊び旁々話を伺いに行くこともあったが、NHKでお声の掛かる時は、否応なしで帰路、まあ一杯、ということになる。

　当時まだ戦後間もない昭和三十年代初頭、人々はまだカストリとよばれるメチルアルコール

入りの焼酎をあおっていたのが、そろそろ清酒が飲めるようになっていた。

新橋のガード下に、清酒大関を呑ませる飲み屋があって、ガラス戸もなければ葭簀もない。紺のれんに「大関」と白く染め抜いたのをくぐって入ると、背の高い丸椅子が並んでおり、背の小さい私はようやくその上によじ登ってちょこんと坐る。まだ女が酒場に入るなんてほとんど異端視された時代、ましてつい先頃まで「奥様」だった私には、もの珍しいことばかりである。「ヨイショ」などと小さく声をあげて丸椅子に腰掛ける。

丸いお皿の上に桝に入った冷酒がなみなみと注がれる。大関の一升瓶から、トクトクトク、といい音がして、透明な酒が桝をみたし、少し外へこぼれ出す。

「こうやって飲むんだ」

木俣先生は桝の端にちょっと荒塩を盛り、口を近づけて、一口ぐいっ、と豪快に飲まれる。なるほどこれが「桝酒」というものなのだな。現今ではむしろ下に丸皿、その上に桝、その中にガラスコップを置いて、たっぷりお酒を注いで溢れさせるのが、居酒屋の定番だが、当時は実際、桝の角から口へと酒を流し込んだ。おそるおそる口をつけたが、その冷たさの快いこと。

何度かお伴を仰せ付かったが、冬などは寒風を防ぐガラス戸も無いのだから、東京独特の吹きっ曝《さら》しの風、当時は東京でも「筑波おろし」と称していた寒風に、長めの紺のれんがばさばさ揺れ、寒いことこの上ない。お酒で暖まるうれしさは格別だが、熱燗で呑んだ覚えがない。今でも私は冬でも冷《ひや》の桝酒、と決めているのは、或はこの頃覚えた飲み方のせいであろうか。

木俣先生は北原白秋の信奉者で、白秋に関しては何を訊ねても的確な答えが還ってくるので、私としてはさまざまなことを教えて頂くことになった。短歌に関してはあまり話した記憶がなく、その時、その詩論について伺うことが多く、私が質問しては、先生が答えて下さる、という風だった。

後から聞いたことだが、木俣さんは門下の大西民子が青年歌人会議に加わることを嫌って、大西さんは内緒で参加していたそうである。反対に、およそそうしたことを規制しそうに見える佐藤佐太郎は、この会に加わることに関しては全く反対はされなかった。当時作者としての私と、評論に力のあった山本成雄さんが、参加を許されて送り込まれたように記憶している。しかし一方、木俣さんは、まだ『短歌研究』の編集長だった中井英夫に対して、新人を押し出すことに賛成し、とくに「新人五十首詠」を、よく助言されたそうである。歌壇一般には、意外に保守派のように思われていた木俣さんだが、実は常に新人発掘と、短歌の将来について考えておられたのではないかと思うのである。

いずれにしても、経験の多い少いによって、その人の視野は広くも狭くもなる。そして正岡子規以来の革新運動が地方に及ぶ頃には、新しいはずの論拠そのものがすでに旧くなってしまう、という現実がある。青年歌人会議の発足によって新鮮な風を吹き込んだわれわれの使命も、今や「前衛」どころか「旧弊」と位置づけられそうな運命にあるだろう。それが「時の流れ」なのであり、「新しいもの」は常に古びて行く。運動体としての「青年歌人会議」は、戦後歌壇に活力を吹き込む運動体であり得たものの、その清新な息吹きは時と共に周囲に浸透し、同時に「当り前」になり、「古体」になってしまう運命にある。

が、あの運動体が個々の作風に個性的な視野へのひろがりを加えたことは確かで、これから先、それを踏み台としてまた新しい魅力的な作品が生み出されるとすれば、やはりそこに或る成果を認めざるを得ないだろう。

でも、なぜ短歌は滅びないのか、考えされられることではある。

『彩――女流五人』のこと

手作り台本

放送作家としての仕事が忙しくなって、というのは、まだ女性のライターが数少なかったせいもあり、たとえば服飾とか料理、育児などに関しての依頼がふえていたが、一方で声楽を学生時代に習っていたせいもあって、音楽に関する番組もふえていった。丁度テレビの試験放送が始まったばかりで、わけもわからず駆り出されて、「スカーフの使い方」などというテレビ画面にいきなり出されたり、わけもわからないうちにせわしない放送の時間に乗せられていた。ニッポン放送の音楽番組で人気のあった男性タレントの相手役にと要請されたこともあるが、私は「もの書き」であっても放送界の「タレント」になる気は全く無く、それを断って、ともかくやたらに書いていた。

放送の「ことば」には、耳ざわりがよいと同時に、的確に伝達できる語を見極めること、「息つぎ」が自然であること、できれば短くてすらりと聴き手の耳から心に入っていく必要があること、時には「音の塊り」としてぐっと重量をかけること、などを身につけて行った。これが後に作歌の役に立ったように思う。

何しろ、今のようにパソコン使用はもちろんのこと、コピー機さえも普及していない時代である。私の書いたものを、青い謄写用ペーパーを何重にも紙に挟んで原稿を写し、手書きコピーを重ねて綴じた台本が回ってくることもあった。長いものになればガリ版の台本が出来てくる。今思えば全く時間が勿体ないけれど。読み直しも他人の手蹟だと自作品の欠点が目立ち、修正し易い利点もあった。手作りの良さである。

そのうちに日本テレビで、戦中戦後の歴史をまとめたドキュメンタリー「風雪二十年」のライターに起用されて、実写フィルムを構成したが、一部ドラマ仕立ての部分も書くことになった。放映は夜十時から一時間、一部には生き残りの外交官や元軍人の話し合いもあり、アメリカとの開戦前夜の話など、なかなか迫力があった。しかし、まだ生《なま》放送の時代で、十一時に終ると、反省会があり、次いで次回の打合せ。家に帰るのに一時、二時になってしまう。

女一人で夜中のタクシーに乗るのは気持のいいものではない。何度か嫌な思いもした。ある時はたまたま早く終って終電で帰り、世田谷の家まで夜道を歩いていたら、後

ろから来た車が止まって、

「こんな夜中、女ひとりで歩くのは危ないですよ。お乗りなさい、お送りしますから」

と、男性から声を掛けられたことがある。こんな夜中に、乗り込んだらどうなるか分かったものではない。紳士的な人には見えたが、何度もかたくなに固辞して乗らなかった。

「そうですか。大丈夫？　気をつけて」

と車はゆっくり去って行った。親切をことわって悪かったようなバツの悪さと申し訳なさがいつまでも残ったが、当時から頑ななところは、今も変らないようだ。

　こんな状態が続くので、ある時期から世田谷の実家を出て、青山に住むことになった。病勝ちの両親と私と、姉の長女を預って暮らしていたのだが、その姪が、

「お姉ちゃま、いまのうちに家を出て仕事場を持った方がいいと思うわ、私がここにいるうちに」

と真剣に言ってくれたのだった。

青山の仕事場

青山の仕事場は、小さな共同アパートだった。その一階に住む家主さんが、旦那持

ちの芸者あがりの気《き》ッ腑《ぷ》のよい人で、いわゆる「女子アパート」。住んでいるのは、女性記者、女性のフリープロデューサー、日本舞踊の仕事をしている人、作者志望の女性など、みな仕事持ちの独身女性ばかりなのである。誰か客があれば、入口近い部屋に住んでいる家主の女主人が必ず出ていって、上から下まで一瞥《べっ》し、試験（？）を通れば入れてくれるが、多くは玄関での立ち話である。

青年歌人会議では、皆仕事を持っているので、夕方からの会合が多かった。熱い討論が飛び交い、夜更けに及ぶことも多かったが、ひとりで夜道を帰る私を誰かが送ってくれることがあった。例えば大阪から出て来た塚本邦雄が送ってくれたこともあったし、吉野山から出て来た前登志夫が送ってくれたこともある。しかし、女子アパートのすこし手前で、見送りを感謝して別れるのが常で、家の前方の道に、ちょうど電信柱にとりつけたような街灯があり、その下で「ありがとう。ここまでで大丈夫よ。じゃ、またね」といって私はアパートに向かう。扉をあけるとき振り向くと、街灯の光の下で佇って見送ってくれた塚本さんのこと、前さんのこと、その姿を今もありありと思い出す。

寺山修司とはＮＨＫの中でよく行き合うことがあって、これは他にも書いたが、いつも寺山の創作する「話」にひっかけられていた。

最初「えんぴつのように痩せ細ってベッドにいる僕を見に来て下さい」というハガキが舞い込んで来たのは、寺山が「短歌研究」の新人五十首詠「チエホフ祭」で受賞したばかりの頃、昭和三十年頃だろうか。大久保の病院に訪ねて行くと、大部屋の一角に、色白の青年が、枕元の卓にフランス語の詩集などを多量に積んだベッドに横たわっていた。それが初対面で、しばしば手紙も貰ったし、青年歌人会議以外でもつきあいは永かったが、彼はいつも私を試すのである。試すというより、騙《だま》すのである。あの青森訛りでいわれると、すぐ本当だと思ってしまう私がおもしろかったのか、一種のリトマス試験紙にされていたような気もする。私の顔をじっと見て、自分の話の反応を確かめるのだ。

いつであったか「短歌」編集長の中井英夫が、誌上に、上から塚本邦雄、寺山修司、春日井建、「前衛短歌」と呼ばれて新しい潮流を作り出したこの三人の写真を載せたことがある。その時の中井の、写真に対する短い評がおもしろかった。「総領の甚六、末っ子の天才、次男の中だるみ」——なるほど、塚本は例の蝶ネクタイに背広、手にはパタパタ煽ぐ白い扇子を持っていそう。春日井は『未青年』で売り出したのにふさわしく、秀才的少年の面貌をしているが、二人に挟まれて写っている寺山は何となく気の入らない様子で、背の高い体をいくらかぐにゃりと縮めている図柄であった。

東京の青年歌人会議では、中核となって牽引していたのは岡井隆だと思うが、中井は何故か岡井を重視しない所があり、岡井も中井のことを「思い出したくない」と書いている。

しかし、いろいろな経緯があったにせよ、「青年歌人会議」が、今まで正岡子規以来開いて来た「万葉」一辺倒の気風と、戦前の堅苦しい師風継承の伝統を破って、新しい短歌を目差し、新しい詩を生もうと試みていたことは確かで、その熱気は誰にも邪魔されることなく、超結社的な新しい集団となって行った。が、その結束の解けるのもかなり速かった。

『彩――女流五人』

青年歌人会議の女性たちが、一緒に「歌集」を作ろう、と言い出したのは、馬場あき子だったろうか。むろん私も大いに賛成だったし、大西民子、北沢郁子も賛成した。が、一人反対を唱えたのは富小路禎子である。彼女には彼女なりの言い分があって、合同歌集に何の意味があるのか、と疑問を口にした。

馬場あき子がひそかに言って来た。「関西だけど、山中智恵子を引き入れようよ」。こういう交渉ごとは馬場さんに尽きる。すぐに交渉成立で五人はそれぞれ新しい制作にとりかかった。

新作をそれぞれ提出し、装幀は私と親しかった画家の山田茂人（光風会）氏に依頼、新星書房から刊行されたのが昭和四十年六月だった。私はその頃には離婚後十年、すでに再婚していたから、尾崎磋瑛子の本名を名乗っていた。私は昭和二年十一月の東京生まれ、大西民子は大正十三年五月盛岡生まれ、北沢郁子は大正十二年八月長野生まれ、馬場あき子は昭和三年一月東京生まれ、山中智恵子は大正十四年五月名古屋生まれ、一見してわかるように大正末期から昭和初頭にかけての世代だが、大西は木俣修、北沢は福田栄一、山中は前川佐美雄、私は佐藤佐太郎に師事したことを明記してあるが、馬場は「まひる野」に所属していることだけ

を記している。当然窪田章一郎のところにいたわけだが、師事という感覚は無かったのだろう。生年も一人だけ一九二八年と西暦で記している。

私は「巨大都市」の題で、ひたすら巨大化都市化して行く東京を主題として八十六首を生んだ。地下鉄、高層街、地下街、高架路、埋立地——なつかしい戦前の東京はもう失われていた。巨大都市へ変貌して行く故郷、あの空《から》っ風の吹く東京の町は、戦争によって焼き払われ、見知らぬ無機質の街区になって行く。悲喜の情感を表面に出すことはしないが、私にとっては、都市の変貌は自らの過去を消されるような痛みを伴っていた。人は折々、私の歌作品に対して、都市詠の先駆などという。しかし、自らの生まれ育った街は、ことごとく戦争によって消されてしまったのだ。遺された想い出の品々は、戦後の貧困の中でみな食糧へと代って行った。思い出すことさえ心の痛みをよみがえらせるのだ。時代は遷って行く。くらしの様相も移り変って行く。歌さえも、ことばさえも。『彩』にのこされた私の作品には、描かれていない過去への弔歌に似た悲しみがあった。それを悲しみとして歌えないのが、戦争を体ごと体験した人間の挙措でもある。

同じ頃、六十年安保闘争がはじまり、当時のＮＨＫからニッポン放送へ通う日比谷公園は、闘争の集団の集散地となり、私の大好きだった公園の外の赤煉瓦の鋪道は、たった一夜のうちに、表情のないアスファルトの道路に変貌した。あんなに切なかったことはない。レンガが壊されて、闘争陣が投石代りに使うだろうと予測しての処置だったとか。

ともあれ、『彩』の発行を区切りとして、五人はそれぞれ好きな方向に飛び出して行った、ということを、大西が随筆の中に書きとどめている。

おもしろいのは、五人の中で馬場が「イザナミの森」、山中が「会明」という題の下、古代の純粋な詩ごころを持ち込んでいることで、それまで社会派と目されていた馬場が、古代のイザナミに寄せて心情の底にある抒情性を流露していること、山中が自らの巫女的な部分を日本書紀の呪術的な部分に重ね合わせて、独特な世界を造形していること、これはやはり当時としては実験的な味わいと技量を示していることになろうか。

ともあれ、五人の実験的試行は、この一冊に集約されたともいえる。

ひび入りて伏せ置く大き甕一つみどり児の声洩るる夜無きか　大西　民子
北を指す針描かれしモザイクの床の上かそかに呼ぶ声のする　北沢　郁子
歩みくる耳ありわれを逃れゆきしことば集めんための白さに　馬場あき子

三輪山の背後より不可思議の月立てりはじめに月と呼びしひとはや　山中智恵子

薄き地の層を隔てて地上には怒気孕《はら》む群衆の移動する音　尾崎磋瑛子

たまたま声や音に関わる例歌になってしまったが、それぞれが自己を見詰め、新しい息吹きを帯びて、明らかにそれ以前の「女歌」と呼ばれた範疇に収まらない歌境を創りはじめているといえるだろう。

ついでに言えば、当時青年歌人会議で知り合った女性たちは、ほとんど子を生むことを諦めていた。安永蕗子も大西、馬場、北沢、みな子を持っていない。職業を持つ女性は、子を育てる余裕のない世相であった。現代活躍している歌壇の女性歌人たちのように、子を育てながら職業をもち、あるいは一旦休業して再び職場に戻るというようなシステムは全く整っていなかった。実際、結婚しても子の持てない人に対して「お気の毒ね」などとまともに慰める風潮さえあった。

NHKで知り合ったディレクターやプロデューサーの中でも、子持ちの女性は皆無に等しかった。男性の昇進に伍して行くためには、産休など取ってはいられないのだ。ある時期、同じ部署の女性たちが次々に結婚に踏み切ったことがあった。六十年安保の一段落した頃だったと思うが、私と仲の好かったNさんという女性プロデューサーが、永く交際していた他の部署の人と結婚することを決めた。私も大いに慶んで、「部長に報告した？」と尋ねると、彼女は苦笑いしながらこう言うのである。「報告はしたけどね、部長、何て言ったと思う？」物分かりのよい男性の部長だから、当然祝福してくれたのだろうと思ったのだが、返答はこうだった。「それがね、〝あんたもまさかすぐに産休取るって言うんじゃないだろうね〟ですって」

呆れた話だが、彼は部署の人手が不足するのをまず心配したのである。現代ならさしずめセクハラ問題だが、当時の放送界ではこうした発想は当然のように罷り通っていた。戦後十年、ようやく世間に進出して来た女性たちは、こんなプレッシャーの中を生き抜いたのであった。

短歌と音楽性

合唱組曲「蔵王」のこと

青年歌人会議で知り合った歌人たちは、それぞれの個性と信念を持ちながらも、結構卒直に考えをぶつけ合って、お互いの包容力を拡げながら、自らの狭量を捨てることもできたし、主張にも自信を持つことができたように思う。ライバルとして競い合うよりも、お互いの美点を認め合う柔軟さを、自然に身につけて行けたのだと思う。

一方、放送の世界では、ちょうど第二十六回目の芸術祭のラジオ部門に合唱部門が初めて設置され、その作詞の依頼が私のところに来た。昭和三十六（一九六一）年頃だったと思う。当時は放送の世界では何といってもNHKの力が強く、対抗する各民放は各自特色を出すのに苦心していた。そこに加わるのに新人を起用しようということになったらしく、ニッポン放送から依頼が来たのである。

中心メンバーは新人ばかり、プロデューサーの池田文雄さんは慶応大のワグネルソサエティー男声合唱団という歴史のあるグループ出身だったと思うが、後にNTVに引き抜かれて、「スタタン」こと「スター誕生」の名プロデューサーとなり、通称「イケブン」の名で知られ、山口百恵、森昌子、桜田淳子などを世に出した人である。作曲の佐藤眞さんはそのころまだ芸大の作曲科か大学院に在ったように記憶しているが、最初は詰襟の学生服で現われたこともあった。しかしすでに他の作曲コンクールで受賞していて、後には芸大教授となった。それにしても三人共まだ若く、LF（ニッポン放送のこと）に集まり、頭を寄せ合って熱く議論しては決定事項を積み上げて行った。

最初にブンちゃんが提案したのは、四国の「桂浜」を主題にしよう、ということだった。それは播磨屋橋に簪《かんざし》、坂本龍馬、海、という素材が豊富だという理由にあった。しかし、私はこれに頭から強硬に反対した。作詞者としては、「海よりも山の方が好き」という理由である。そして「蔵王」を素材にしよう、と提案した。「その方が私には書き易い」。

「好き」か「嫌い」かで判断すれば、誰もそれには逆らえない。まして女性の「好き」に理屈はないのだ。今思うと、当時の私はもう、かなりそのあたりの呼吸を知っていたような気がする。池田さんは「山ってさ、どこの山にするの?」「あ、それなら〝蔵王〟がいいと思う。絶対」

　その時にはいわなかったが、私の中では斎藤茂吉の「みちのくをふた分けざまに聳えたまふ蔵王の山の雲の中に立つ」の堂々たる歌が胸を占めていた。しかもそれより一年ほど前、はじめて吾妻小富士に登って、暮れてゆく蔵王の山を夕映の中に見放《みさ》けて、ひどく印象深かったのだ。ブンちゃんは判断の速い人で、すぐにその説を応諾してくれ、佐藤さんはただ黙って聞いていた。ブンちゃんは私に音楽番組をよく書かせてくれていたので、私の方向性はすでに見抜いていたのだろう。

　さあ、それからがたいへんだった。「蔵王がいい」と主張したものの、実をいえば、私は蔵王そのものに登ったことがその時はまだ無かったのである。どうしよう。

　それを救ってくれたのは、その頃私が結婚したばかりの尾崎だった。当時まだ慶応

大で教授になったばかりだったと思うが、山男で、ゼミの合宿はいつも山。蔵王にも何度も登っていて、或る時など、皆で沢近くにテントを張って眠っていたら、夜中に豪雨になってテントごと流されそうになった、などという話もあった。そこで、私の心の中の蔵王と、彼がこまごまと教示してくれる雪原の話、樹氷の話、雪消《ゆきげ》の沢の話などに私のイメージをふくらませて、次々に十篇の詩を作って行った。

全篇が出来上がってから佐藤さんに渡したと思うが、池田さんの「ここ、もう少し軽い話入れてよ」などという的確な指摘もあり、また、変化をつけるために民話を素材に入れたりもしたし、作曲にかかった佐藤さんから「ここ、終りを〝けり〟にしちゃいけませんか」といわれて、「〝けり〟はダメ。〝たり〟ならいいけど」などと、一字一句を詰めていくこともあった。

その間つくづく感じたことは、短歌を作り馴れていることの有難さであった。なぜといって、短歌は、できれば自然に口をついて出てくるような〝語感〟〝音感〟が非常に大切である。また、不要のことばを切り捨てることを自然に体得していたこと、耳から入ることばが雑だったり耳障りだったりしたら、歌曲、とくに合唱曲としては成立し難いこと。こうしたことは、短歌と同時にNHKラジオで「夢のハーモニー」の詩をずっと書いて来ていることなどが、自然に、私の「ことば」の選択力を育てくれたのだと思うと、ほんとうに周囲への感謝の気持が湧いて来た。この感謝、という気持もまた、作詩には必要不可欠なものだったように、今になって思うのである。

現代歌曲と短歌の技法

三人の知恵を出し合って、着々と歌曲は出来ていった。十篇のうち、演奏時間の都合で、九曲の合唱組曲は完成に近付いた。

中に「どっこ沼」という一篇があって、「蔵王どっこ沼」という出だしを見た池田さんが、喫茶店の卓の端を人差指で調子よく叩きながら、

「うん、これは〝ザ、オーオ、ドッコヌマ〟って感じだなぁ」

と唄ったら、次の会合で出来上がって来た佐藤さんの曲には、ちゃんと出だしにそのままのメロディーが入っていたりして、苦心した割には楽しい思い出ばかりがのこっている。

一曲ごとに表題をつけ、一曲でも取り出して歌えるように、そして全体を春夏秋冬の流れにのせて構成して、荘重な山嶺の感覚と、登る人間のたのしさと、一方、峻厳な雪の季節、そこに雪むすめが登場したり、民話の会話が出て来たり、変化にも留意した。一曲の間に音楽なしの前説《まえせつ》の「語り」が入る、という構成にしたが、ここには

短歌で三十首詠などを発表する時の神経の使い方が非常に役に立った。

短歌で大作を構成する場合、読者が最初に興味を持ってくれる、つまり他者が読んで主題の方向を間ちがいなくキャッチしてくれる初頭の部分と、途中に歌材や歌調に変化をつけて読者を倦きさせない部分を入れる工夫、ことばの流れのここちよさ、息苦しく思わせないこと、などの技法が必要だが、この合唱組曲では、そのあたりに知らず知らず短歌の技法が役に立った。

短歌は、韻律を持つ現代詩だと私は思っているが、現代歌曲を手がけてみると、この韻律の感受がうまく活かされたように思う。歌詞は決して定型に捉われてはいないのだが、主要な部分の中に、目立たないが五音、七音が挟まれていることにも今更気付くのである。

短歌の五七五七七は、奇数律ではなく、休止符を含む四拍子の旋律を持っていると私は感じているのだが、「蔵王」の詩を実際に読み返してみると、その韻律は、さまざまなヴァリエーションをもって「五七」「七五」によって芯を支えている。

当時四人グループの「ダークダックス」の番組もずっと書いていたし、そしてNHKの「夢のハーモニー」にも詩を書いていたときでもあったから、歌曲のもつ息づかいのようなものには、既にかなり馴れていたのかもしれない。途中に「語り」を入れることにも。

それにしても、この合唱曲は、田中信昭さん指揮の「東混」こと東京混声合唱団によって演奏収録された。収録後に田中さんがブンちゃん、佐藤さん、私の前に来て顔を高潮させながら、いきなり「おめでとう！」と声を弾ませて言ってくれた。私は昔、東女大のチャペルでサン・サーンスのオラトリオを独唱させられ、その際、田中さんがまだ小さかった東混を率いて合唱部分も共に指揮して下さったことがあって、顔見知りではあったのだが、この時の嬉しそうな田中さんの表情をまだいきいきと思い出す。

合唱部門の賞は、第一回目でもあり、予想通りNHKに攫われたが、その曲よりも早く、カワイ楽譜の社長清水脩さんの配慮でじきに発刊された。昭和三十七年三月のことである。それからすでに五十年、この楽譜は今も増刷されていて、私の書いたものでは一番息が永いようである。

過日、日本近代文学館でたまたま対談とサイン会に駆り出された際、すっかり古びた昔の「蔵王」にサインしてほしい、と持って来られた女性があって、びっくりもし、嬉しくもあった。またその後はしばしば蔵王に登り、山頂の茂吉碑にも逢っているのだが、初版の一ページ目に茂吉先生の「みちのくを」のあの歌をぜひ載せさせて頂きたくて、発刊前にご長男の斎藤茂太氏にお目にかかって快諾を頂くことができたのもうれしいことだった。楽譜はすでに通算一一二刷（二〇一九年）をこえたが、その間、五十年をこえる歳月を経、近ごろ佐藤さんの手で「男声合唱」としても出版された。

あのころの熱気に満ちた創作感は、偶然与えられたものとはいえ、半世紀を経ても印象が薄れることがない。合唱組曲で刊行された私の作詞は十二冊あるが、作詞の基準に在ったものが、紛れもなく「短歌」の修業であったことを、今更のようにありがたく思うのである。

音韻を大切に

私は短歌の教室でよく皆にいうことがある。

「歌を作ったら、それを鏡の前で声に出して言ってみるといいと思いますよ」

皆は一様に「えーっ？」という顔をする。「鏡の前で」言えるというのは、自作をすでに暗誦しているということだ。もし暗誦できていなければ、書いたものを見ながらでも自作を口で声に出して読んでみることだ。

「そんなこと、恥しくてできません」という人がいるが、良い歌なら、つっかえないで読み下せるはずなのである。もし言いにくいところがあれば、それを眼で読む読者側の頭や心には、完全な形で映すことは不可能、ということになる。

幾山河《やまかは》越えさり行かば寂しさの終《は》てなむ国ぞ今日も旅ゆく

若山牧水（『海の声』）

君かへす朝の舗石《しきいし》さくさくと雪よ林檎の香のごとくふれ

北原白秋（『桐の花』）

沈黙《ちんもく》のわれに見よとぞ百房《ひやくふさ》の黒き葡萄に雨ふりそそぐ

斎藤茂吉（『小園』）

東海の小島の磯の白砂にわれ泣きぬれて蟹とたはむる

石川啄木（『一握の砂』）

君がため瀟湘湖南の少女《をとめ》らはわれと遊ばずなりにけるかな

吉井　勇（『酒ほがひ』）

いまたまたま心に浮かんで来た例歌は、近代歌人といわれる人々の作である。大方の人は暗誦していると思うのだが、傾向はそれぞれ異っても、時代を超えて人の心に訴えてくる「詩情」にあふれているだろう。その他にも、或いは与謝野晶子の歌なら知っている、という人もいるだろうし、私の師である佐藤佐太郎の歌ならすらすらと唱えられる、という人もあるだろう。もっと近く、現代だったら、

砂浜のランチついに手つかずの卵サンドが気になっている
　　　俵　万智（『サラダ記念日』）

体温計くわえて窓に額つけ「ゆひら」とさわぐ雪のことかよ
　　　穂村　弘（『シンジケート』）

なども、もう発表後三十年近くも経っているのだから、昔だったら過去のものとなっているはずだが、ちっとも古びていない。もっとも、穂村弘のこの歌を短歌教室で紹介したら、「何のことだかわかりません！」という年配の人、といっても私よりかなり若い人々がいて、

こちらがびっくりした経験がある。「ゆひら」とは「雪だ！」と一こと言った若い女の子がいて、少し熱が出ていて体温計を口に入れている、という場面設定がいかにも若々しい。教室に熱心に来ている人々には、まじめ人間が多いせいかもしれないが、時々、感受性の固くなっている人がいて、それをほどくのに苦労することがある。

少なくとも、短歌は「定型をもつ現代詩」だという私の感覚は、誤っているとは思わない。『万葉集』であろうと『古今集』であろうと、『新古今集』であろうと、それぞれがその時代の現代詩であったはずなのである。

そして自然に記憶できる歌、がもしできたとすれば、それは「成功した歌」であるはずなのである。

自然に口にのぼる歌というのは、調べにも内容にも、すぐれた歌の味があるものだ。己れを省みると、とてもこのようなことをいえる柄ではないのだが、少なくとも、歌を作った時には、その調べを、自ら感得し、もし欠けた面があれば、言い換えの工夫をするべきだと、私は思っている。

ことばの休止符

佐藤佐太郎は、自らの歌が出来上ったとき、しずかに口に唱えてみる、ということを書き残している。スムーズな調べのみが良いというわけではない。どこかでつっかえて、流れを止める場合もあれば、音韻の塊《かたまり》がずっしりと中盤に居据わることもある。それをしっかり決めるのは、作者の鋭敏繊細な「音感」であり、「音韻の積み方」や「音韻の流れ方」を見極める技でもある。

いずれにしても「短歌」は「うた」なのであり、実際の「音」と「響き」を常に大切にする心を、決して忘れてはならない。むろん、音韻の流れがよければそれでよい、というのではなく、わざと「音の塊」を作ったり、音の「反響」のようなものを意識したり、また、ことばを選ぶ際に、誰にでも通じる意味のことばを意識することは大切な作歌の心得である。

もう一つ大事なことは、「切れ目」すなわち目に見えない「休息点」を作ること、これも忘れてはならないことである。音楽でいえば「休止符」である。

一般に短歌では「五七五」を「上句《かみのく》」、「七七」を「下句《しものく》」と呼んで、後には「連歌」や「俳諧」「俳句」を生んで行くのだが、現代短歌では基本的には「五七五七七」の律調を基調として、変形もまたこのリズムを元としている。これは短歌が千三百年もの昔から、一つの完成を得た詩型だからに他ならない。私はそれを詩体における一つの「完形」と称している。この語は、欠けることなく出土した古代の土器のことを「完形土器」と呼ぶところから出ているが、歌の場合、詩の完形を更にいかに活かすか、に心を尽くすことになる。

同じ五七五七七の詩型を基本として、現代短歌はどういう面で現代性を盛り込んで行けるだろうか。

そこにはどうしても音数律についてどこまで拡大解釈できるか、音韻に関してはどこまで一音一音の性格を生かして行けるか、さらにいえばいわゆる「息づかい」、つまり「息継ぎ」の空白部分について考えていくと、「律」つまり「リズム」の顕在化が重要になってくることも、深く考え、実際に試行していく必要があると思う。

こう考えてみると、定型とはいえ、短歌はさまざまな変形が可能であり、とくに口語歌がふえていくと思われる今後、短歌が基本的に「定型詩」であることを踏まえて、あらゆる方向からの考察が加えられるべきかと思われる。

放送詩めもらんだむ

聴覚による「コトバ」

先に触れた合唱組曲『蔵王』が楽譜となったのは昭和三十六年だったと思うが、その翌年の三月には、以前から書き続けていたNHKの深夜のラジオ音楽番組「夢のハーモニー」の一部が一冊の本になった。『放送詩集・植物都市』（白凰社刊）がそれで、その後ろの方に「放送詩めもらんだむ――主としてその音韻効果について」という一文がのこっている。

当時、短歌からは既に離れていて、もっぱらラジオ、テレビの仕事に没頭していた。何しろそのころはまだ女性の仕事は極端に少なかったし、この「放送ライター」というのは、世間ではかなり軽く見られている新種の仕事であった。とくに、音楽のわかる人がそう多くはなかったから、音楽番組を受け持つことは、新領域を拓く意味もあって、私としてはわりあい創作し甲斐もあったのである。

作詞をする際に、短歌の基礎を叩きこまれてしてきたことが、大いに役に立ったことは前に触れたが、歌人佐藤佐太郎先生の許で十代から「ことば」の扱いを叩き込まれたことが、どれ程役に立ったかわからない。今更に感謝する他はない。

放送詩というものは、人の声を通して、聴衆の心に届かなくては意味がない。だから、「文字」は頭から追い出すことになる。「音韻」「律調」と、いうことを、私が短歌に関してよく口にするのは「ことば」の持つ「ひびき」「しらべ」と、その緩急や切れ目の空白をどう活かすか、つまり文字で書いているだけではわからない、あるいは見えない「ことば」の速度、空白の置き方、韻律の中でどう聴き手に伝わるか、そうしたことを考えないと、なかなかわからないことから気付いた結論でもある。

短歌の場合でも、「ことば」の「流れ」、あるいはことばの「塊《かたまり》」と「空白」などが「ことば」を読者に十分伝え得るかどうか、を左右すると思うのだが、どうしたら読者の心に直接伝えられるかは、一旦「日本語のもつ性格」を基本的に知悉しないと、なかなか思うようには伝達できないと思う。

放送詩の場合は、目に見えない未知数の聴衆に一どきに届く。その広域性、同時性は、一時に不特定多数の聴衆者に届くわけだが、しかしそこには聴衆同士の連帯感も同和感も生まれる素地がない。一過性のものになってしまう。つまり「短歌」のように、印刷された文字面《づら》による意味の補修や、反復して鑑賞するという性格を、初めから放棄せざるを得ないのだ。

しかし一方から見れば、「ことば」が視覚的な呪縛から解き放たれたとき、「ことば」は美しい「音」をとりもどし、連想作用による美しい色や美しい光を、またひろがるあかるさを取りもどすだろう。当時「放送詩」などというものは、「詩人」を自称する輩からは、一段低く見られていたし、二言めにはすぐ「思想がない」などと貶められることが多かった。

しかし、「音韻」をとり戻した「ことば」は、まことに美しく思われた。すでに斎藤茂吉の「短歌声調論」なども読んではいたが、私が実際に放送詩の中で実感した「音韻」の性格は、そのまま短歌にも通ずると

ころのあるのを、現時点でもしばしば実感するのである。
やや話がこまかくなるが、この経験による「音韻」の性質を少し述べておきたい。

音韻の個性

「ことば」を音韻として捉えるとき、音のもつ「ひびき」が、そのまま独自の性格を持っていることは、言語学的にはいろいろ研究もされているであろうが、ここでは私自身が感じ、私自身が捉えた音韻の性質を述べておく。

まず母音のア、イ、ウ、エ、オ、の基本的な性格を簡単にいえば、
ア　開放的、明るさ、母性的、上昇的。
イ　鋭さ、細さ、清潔、明晰、緊密。
ウ　内向的、温かさ、終結的、下降的。
エ　平面的、鈍さ、乾き、中性的。
オ　荘厳、太さ、男性的。
これを温度とか感触とかで表現すれば、アは最も南国的、オ音は寒帯的、イ音は涼感と鋭さ、ウ音は寒い中に内にこもる温かみを感じさせるし、エ音は中間的で乾いた感じがある。

母音のアイウエオは行《ぎょう》と称され、五十音図ではタテの配列である。これに対してヨコの配列を「列」というが、この「列」の子音と母音との組合せがまた、基本的な性格を示す音韻を持っている。五十音図をヨコに発音してみると、前記の母音の性格を基礎として、各列の基本的な音韻の性質を知ることができる。そしてまた、「行」によって、それぞれ共通の音韻の性格がわかる。

　短歌教室などで折々皆に発音して実感してもらうことがあるのだが、たとえば、笑い声の擬音を発音してみると、たいへんわかり易い。頭に母音をつけ、下に同じ母音を持つハ行音をつづけてみるとよい。

「アハハハハ」「イヒヒヒ」「ウフフフ」「エヘヘヘ」「オホ

ホホ」

これだけでも一度に音韻の性格に触れられると思うのだがどうだろう。「アハハハ」は開放的。「イヒヒ」はやや冷酷感。「ウフフ」の含み笑いは内向きであたたかい。「エヘヘ」はいわゆる照れ笑いだが、平面的。「オホホ」は少し気取った感じがする。

もう一つ、教室で時々実験的に声に出してもらうことのあるのは、「ハ行音」に「ラ」音をつけて発音してみる例で、

「はらはら」「ひらひら」「ふらふら」「へらへら」「ほらほら」

これは「擬音語」としては日本人には共通して受け取り得る例であろうかと思う。

これが濁音だったらどうだろうか。

「ばらばら」「びらびら」「ぶらぶら」「べらべら」——「ぼらぼら」は無さそうだが、「ら」の代りに「り」にすれば「ぼりぼり」になる。

半濁音の場合だったら「ぱらぱら」「ぴらぴら」「ぷらぷら」「ぺらぺら」——ここでも「ぽらぽら」は無いが「ぽりぽり」が成立するだろう。茂吉の歌に、

ぷらぷらとなることありてわが孫の斎藤茂一路上を歩く　（「つきかげ」）

があるが、擬音語の効果をよく活かした例といえるだろう。

「ら」が不適切なら「り」が成立すると書いたが、「り」の例はどうか。「ばりばり」「ぱりぱり」。「びりびり」「ぴりぴり」。「ぶりぶり」は無いかもしれないが「ぷりぷり」は成立する。「ぶりぶり」も腹を立てている感じで使う場合がありそうだ。「ぷりぷり」は食感にも使う。「べりべり」は物を剝がす擬音か。「ぺりぺり」は少し軽い。「ぼりぼり」「ぽりぽり」――「ぼりぼり」は痒い所を掻く擬音か。「ぽりぽり」はお煎餅か豆を噛んでいる感じ。

擬音語から「音韻」を探求する

こうした擬音語を実際に短歌に活かすのはまことに難しく、茂吉のように自在な存在にならなくては到底ムリだが、「音韻の性格」を知るには、擬音語が格好の例となるので、あえて深入りした。

各自が実際に口に出して実感してみてほしい。範囲はいくらでも拡げて実感することができるだろう。

「ら」行音を語尾につけるのが一番わかり易いと感じたのは、私自身の放送詩の経験ゆえであるが、「ら」行音は円転滑脱、自在に転がる音感と円みを内包しているからで、擬音語の多くに適用できるし、それによって上に付ける各音の違いを実感することが可能だと思っている。

日本語には擬音語が非常に多く、また日常的に巧みに用いられているのは、「音」に関する日本人の「聴覚」の特色でもある。戦後、言語学の分野では、擬音語の多いのは日本語が原始的である証拠である。などと真顔で主張する学者たちがいて、国語科の学生だった私どもは、日本語が未発達な語なのかと思わされていた時期がある。しかし、擬音語を使い分けて「形容」の分野を無意識にひろげ、無意識に誤りなく感受する「民族の知恵」は、繊細でもあり、直接的でもあり、極めて感性的であるといえるだろう。

ついでだからもう少し実際に発音してみよう。清音、濁音、半濁音の場合、どうちがうか。

カ行音「カラカラ」「キラキラ」「クラクラ」「ケラケラ」「コロコロ」（「コリコリ」）

ガ行音「ガラガラ」「ギラギラ」「グラグラ」「ゲラゲラ」「ゴロゴロ」（「ゴリゴリ」）

サ行音「サラサラ」「スラスラ」

ザ行音「ザラザラ」「ジロジロ」（「ジリジリ」）「ゾロゾロ」（「ゾリゾリ」）、時には「ズラズラ」「ズリズリ」「ゼロゼロ」なども会話中で使うこともあろう。「ズラズラ書く」

「ズリズリ滑る」「のどがゼロゼロいう」など。

カ行音はやや固い音感、稜《かど》ばった感覚がある。乾いた感じもある。

ガ行音はカ行音より分厚く、たとえば「ギコギコ」とか「ガクガク」とか、擬音の例を挙げるまでもなく、流麗とは程遠い重さと佶屈《きっくつ》感があるだろう。

サ行音は一体に涼しい感覚、透明感を持つ。たとえば「爽やか」という語感を分解してみよう。サ、ワ、ヤ、カ、とすべて母音は「ア」という基本的にあかるい開放音を持つ。「サ」は「サクラ」「サギリ」などの頭音として、古代以来の神聖な清潔感、清涼感があるのは誰しも感じるところであろう。「ワ」は「ア」の二重母音ともいわれ、やや重味のある開放音だが、たとえば古語でいうと「わが大君」という場合の「ワ」と、「あが君」という場合の「わ」と「あ」の差については、諸説あるにしても「わが」は正攻法というか、尊敬を含めた呼称、「あが」は親愛をこめた、あるいはやや甘味をもつ呼称、といわれるように、「ワ」の方がやや重量を感じさせ、やや幅のひろさ、威厳、などの語感がある。

「ヤ」はローマ字では「YA」になるが、頭音に潜在的に「イ」音があって、つまり鋭さ、冷たさがありながら「ア」の開放音に繋るので、緊密感を伴うだろう。

「カ」は「カ」行音のやや堅い語感の中では最も明るく幅の広さを感じさせる。

こうして、「サワヤカ」という一語は、「ア」の母音と、「S」の擦過音、「Y」の鋭さ、「K」の舌の奥の破裂音、さまざまの連続の中で、美しい音韻のつながりを生むのである。

こうした「音」の組合せと流れとが「ことば」を聴覚として受けとる際には、非常に大切になる。

このほかにも、ガ、ザ、ダ、バ、の濁音、パ行の半濁音、拗音《ようおん》（ショ、シュなど）、撥音、促音、長音、二重母音などもそれぞれ性格を持つ。「ン」音に関しては、単独には使われることはほとんどなく、他の音に挿まれる場合が多いが、やはり跳ねるような間合いを表現する時につかい易いようだ。むろん、口を開かずに発音するから、「うん」（承諾）「ん?・」（疑問）「うーん」（決断に迷う）時など、日常会話の世界ではよく用いられるが、詩の中ではなかなか使いづらいだろう。

こうしたことをつみ重ねて、放送詩による「耳から聞く詩」（聴覚詩）を制作する立場にいた。そこで気付いたことを「放送詩めもらんだむ」に記したわけだが、そこには「音のつみ重ね、点在による効果」「無声母音と擦過音の効果」「音感と語感」「音のカタマリとしてのことば」「間《ま》の問題と緩急法」「連想作用の効果」などを記してある。折があれば、短歌の制作法にも役に立つであろうこれらの問題を十分に書きのこしておきたいのだが、ここでは実際にのこっている放送詩の一部を記しておくことにしたい。

無題

＊

時を限ることがいやで
時計を見ない
花のいのちをちぢめるのがいやで
花も飾らない
心を区切ることがいやで
手紙を書かない

だからといって
失うのがいやだから
愛さないというわけではなく
別れるのがいやだから

逢わないわけでもない

むしろその頬の輝きを
自然なほほえみを
花に宿る光のように
いつも漂わしていてほしい
だから　近づきたくはない

＊　＊

喪《うしな》ったものの大きさは
喪った人間だけが知っている

のこされた痛みは
脈搏のように
間《ま》をおきながらよみがえってくる

漂う月の光は

樹々を照らし
風はいつしか
冬の音を喪っている

「音」にこだわって書いたはずの放送詩を再び「文字」に定着する意味があるのかないのか、迷った揚句、人にすすめられて一冊としたのは、もうずっと以前のことになるが、その頃の私は短歌から離れていたのに、どことなく「うた」の匂いがのこっているような気もする。この出版後、いくつもの詩に曲がつけられ、楽譜にもなった。しかしその後も作りつづけた放送詩は、出版はしなかった。

放送詩とは、一般に「詩人」とよばれる人も書いていた分野だが、テレビの普及と共に衰退した面もあり、いま出版されることもないようだ。昭和戦後の一時代、ラジオという聴覚の世界で奮闘したことは、今思うと、私の短歌にも影響を及ぼしているようにも思うのである。

そして短歌の読者も、知らないうちに、「耳から聴く」ことを獲得している若い人々がふえているのではないか、と思う。

目にはみえない「コトバの音」を常に意識することの大切さを、作者たちにぜひすすめたい。短歌は本来「ウ、タ、」なのだということを、いつも心に置いてほしいのである。

旧きもの、新しきもの

「ジェット・ストリーム」の思い出

過日偶然、テレビのPRCMで、城達也の朗読の入った「ジェット・ストリーム」というCDの売出しがあるのを知った。遠い以前の名称で、内容も昔のまま、当時の映画のテーマソングなどが入っている。なつかしい。丁度私がNHKで「夢のハーモニー」に詩を書いていたころ、TBSラジオでやはり深夜番組として音楽を流していた。

NHKの通称「夢ハモ」は当時夜の十一時から十一時五十五分までの番組だっただけに、受験生にも人気があったようで、つい最近もある新鋭評論家から、受験勉強の時にいつも聴いていた、といわれたことがある。プロデューサーが四人も五人も代って二十年続いたのだが、最初から最後まで書き続けたのは、私とシャンソンの訳詩でも名高かった薩摩忠さんの二人だった。ちょうど二十年間続いた長寿番組だったのだが、ある時期から、TBSラジオが同じような音楽深夜番組を流しはじめた。それがTBSラジオの「ジェット・ストリーム」で、城達也の甘い声が、多くは映画音楽に乗って流れ、人気があった。「ジェット・ストリーム」というだけあって、羽田空港から飛行機に乗ると、必ずといってよい程、「城達也のジェット・ストリーム」が流れるのである。イヤホーン越しにも快く、たぶん、スポンサーは日航あたりだったのだろう。

後になって「夢のハーモニー」が終了したあとのこと、古い録音用の丸いリールが邪魔で、当時新しかった矩形の小さなカセットに入れ替えたい、と思った私は、番組プロデューサーの紹介で代々木上原あたりの個人の録音スタジオを訪ねたことがあった。するとその仕事を気持よく引き受けてくれた中年の男性が、私の名を知っていて、こういうのである。

「ジェット・ストリームはね、じつは〝夢のハーモニー〟のアイデアを頂いたんですよ」

「え?」といぶかしげな私に向って更にこういった。

「実際のところ、深夜の音楽番組としては、〝夢ハモ〟は出色でしたね。〝ジェット・

ストリーム〟では、も少し甘くしたというところですか。おかげさまです」

中年の男性は人の好さそうに相好を崩してそう言い、多量のジャマなリールを預ってくれた。録音の仕直しも、たぶんずい分値引きして下さったのではなかったろうか。

そんな思い出のある「ジェット・ストリーム」の新CD版が、現在TV画面で新しく売りに出ているのである。驚いたが、たしかに流しっ放しで聴くにはもってこいだし、現代の受験生にとっても、激しく速度の早い現代風音楽よりも、聞き流しするには最適のような気もする。なつかしい思いをした。

私は日本放送作家協会設立（今年六十周年）のころからのメンバーだったのだから、全く古い話なのだが、そのころの経験が多分、のちにものを書くようになってからの大きな下地になったかとも思うのである。

実務的にいえば、台本を書く時には、いつも読み手がよみ易いこと、センテンスの長さ、ことばの強弱、間《ま》、イメージの伝わり易さ、音感、音の軽量、などを常に心がけていなければならない。読み手が読み易いだけでなく、聴取者がどう受け取るか、が勝負である。

これらのことは、短歌を止めていた間に身についたと思うが、更めて短歌界に戻って来てからも、非常に役に立った。そしてこのことを今更ここに記すのは短歌作者たちにも「音」としての「ことば」の力を心得ておいて欲しいからである。「歌を詠《よ》む」とは、「詠《うた》う」ことなのだ。ぜひ「音」に還元して自作を検討してほしい、と思う。

宮中歌会始の儀

話はやや逸れるが、この初春（二〇一六年）、たまたま宮中歌会始に「人」という題詠を求められ、「召人《めしうど》」として招かれる折があった。既に二度ほど、陪聴に招かれて、各界の大使、公使、日本の大臣や大僧正、文化功労者などに交って、全体の様子を見聞する経験があったから、全体の様子は解っていたが、召人として招かれる人は歌人よりも学者だったり文学者だったりする場合が多いようなので、お招きに与った時には正直驚いた、というのが本音だった。

広い新宮殿の大広間、背筋を伸ばした形で二時間余、椅子に坐っているのは、なかなか緊張の要るものだったが、やはりこうした「型」が護り継がれて来たことは、「御歌会始」なる儀式が古くから伝えられて来たことを含め、文化の伝統として、大切なことなのであろうと再認識したことであった。

御題《ぎょだい》は「人」。そうでなくとも私の世代は「題詠」などというものは苦手である。つまり明治三十年代に正岡子規が「歌よみに与ふる書」によって激しい旧派和歌排斥ののろしをあげて以来、その精神を継いだ伊藤左千夫をはじめとして、いわゆる「アララギ」系短歌を先立てて、紆余曲折を経ながらも、新しい近代短歌を形づくり、更に「現代短歌」へと発展して来た歴史を考えるまでもないだろう。私の世代は、心に機を得て真実の詩を捉えようという、当時としては当り前の教育を受けて来てしまったから、「題詠」などというものは、「昔の型」としか思っていなかったのである。現今、また「題詠」が一般化してきたことに対しては、平和な世なのだなあ、という感慨をもつ位のものだった。

しかしたしかに、昨今また、短歌界では「題詠」が盛んになりはじめている。余裕といえば余裕、それだけに技術も要る。それに、戦前の勅題には、いわゆる「結び題」が多かった。「結び題」とは、たとえば「松上鶴」（しょうじょうのつる）のように、二つのものを結んだやや長い題である。昭和戦前の勅題では「海上雲遠」（かいじょうくもとおし）というのがあったのを記憶している。小学生のころだったから、昭和十年代であろうか。

その影響か、勅題は結び題なのかと何となく思っていたが、最近の勅題はみな「一字題」のようである。それに倣ったわけでもないが、鶴岡八幡宮の毎年三月末の日曜日に舞殿で催される献詠披講式の題も（今年十二年目）、みな一字題になっている。ここでは宮中の歌会始の読師《どくじ》・講師《こうじ》を勤めておられる昔の華族さん（お公家さん）に教育された神官の方々が披講《ひこう》し、朗々と四方に声を響かせる。題は「空」、「水」、「心」、「波」などの一字題である。

それにしても「人」という題は難しい。それに、現代化されたとはいえ、目で読むと同時に「歌」は「唱う」のである。前述したように、私は短歌は「耳で聴いてわかる」ことが本来の短歌であると思っているので、発声し、唱って頂くのは嬉しいが、宮中歌会となるとこれもまた案外難しい。少なくとも耳からだけで解る歌でなければなるまい。

あれこれ悩んでいたが、以前に作った歌に「電車より吐き出だされる人の群」というのがある。「人」でなく「人の群」なら出来そうである。しかし「デンシャヨリ……」と詠み出すのはムリというものだ。歌会始の披講は完全に「音」の世界である。「デン」などと詠み出すのは音がつよすぎるし、美しくない。次句の「吐き出だされる」はどうか。歌会始に「吐き出す」なんて、使えようか。私は肩を竦《すく》めた。

皇居に程近い東京駅表口、丸ノ内口は、朝、方々から集まってビジネス街の丸ノ内に出勤する人々が、朝の光の中を群をなして、交叉点を渡って行く。TVでよく撮される情景。結局、作品は無難にこうなった。


駅出でて交差路渡る人の群あたたかき冬の朝の香《か》放つ

急遽まとめた歌で、満足は行かないが、仕方がない。時間は迫ってくる。今年は暖冬、それに暖房の利いた通勤電車から解放されたサラリーマンたち、女性たち。新鮮な朝の空気、人の気息。「交差点」というと撥音「ん」が入ってしまうので「交差路」とした。

解説してみても何にもならないが、前号に記した「耳から聴いてわかる」ための工夫はしてある。義理にも秀歌とはいえないが、「朝の香放つ」でいくらか冬の朝の浄気は通じるかもしれない。

解説してしまうのは全く無意味とは思うが、「音《おと》」で聴く作としてはかなり気をつけていることの実例として書いてみた。

旧いものを伝え、新しいものを生む

一方、二月の初め、NHK・BSTVで、「冷泉家《れいぜい》に伝わる歌会始」の放映を観る折があった。すべて「昔通り」を伝統として継いで来た行事である。冷泉家の文庫には藤原定家自筆の『明月記』(日記)や『新古今和歌集』(定家は撰者の一人)が遺っているという。幾多の戦乱にも喪失を免かれたのは、冷泉家の「歌道」に対する並々ならぬ努力と意志が受け継がれていることの証左でもあろう。

現在のご当主はご養子と伺っているが、この貴重な資料を大切に護り、文書《もんじょ》を集めた「時雨亭文庫」を守り、しかも古式の行事を伝えて来た方である。七夕には昔ながらの七夕の祭の型を伝えるなど、貴重な役目を継承する冷泉家の「御歌会始」の儀が放映されたのである。衣冠に身を正した主《あるじ》、「おすべらかし」の髪型に女房装束(とはいっても略式だったが）の奥方とおぼしき女人などが、居並んだきもの姿の列席者の間をしずしずと神前にすすみ、そこで新年の歌が読み上げられる。列席者はそれぞれ、自作を墨書してこれを供える。かなり近代風に省略されているとは思うものの、昔「和歌」といわれた時代の詠進歌の様子をこの眼で見られたのは興味ぶかかった。

　この会で詠進された作は、昔ながらの、藤原定

家以来の末流ともいえる、幕末まで続いて来た「旧派和歌」であった。私ども現代短歌に携わる者から見れば、失礼を顧みずいえば、個性の乏しいものといわざるを得ない作なのだが、それはそれとして、後鳥羽上皇が精を尽して作られた『新古今和歌集』のルーツを、鎌倉時代、室町時代、戦国時代、徳川時代を超えて伝えて来たものなのである。『新古今』の成立は一応一二〇五年初覧、ということで考えると、実に八百年以上も伝わって来た「美学」に拠っているのだ。

つい最近、平成二十八(二〇一六)年の「宮中歌会始」に出席した身としては、現在全国から選ばれた作品の披講は、歌いにくいことはさし置いて、ずっと「現代のことば」に即しており、天皇・皇后の御製、御歌もまた、現代短歌そのものであった。私はこのことに、ある感慨を覚えずにはいられなかった。

旧いものを伝えることと、新しいものを生むこと。それをどう融合させて行くか。伝統を継ぐ者の一人としては、「短歌」の「型」と「内容」と、そしてその「精神」について、更めて考える折を頂いた気がする。新時代の若い歌人たちにも、時には「和歌」の歴史と変遷について、しっかり考えて欲しいと思ったことだった。

新しい時代の短歌

私どもの季刊誌、この「星座―歌とことば」は、いうまでもなく鎌倉で発行されている。東京に生まれ育った私は生涯の半分近くを鎌倉で暮らして来たが、鎌倉には藤原定家の孫に当る冷泉為相《ためすけ》の墓が実在する。子息のための地権確保のため、当時の鎌倉幕府に訴えに来ていた為相の母、阿仏尼《あぶつに》の書いた『十六夜《いざよい》日記』は、鎌倉時代の女流文学として今も読み継がれているが、その視線は常に京都に向いており、鎌倉に関しては東蝦《あずまえびす》としか感じていない所に、私はつい反発を感じてしまう。それはともかく、冷泉家は南北に分裂したことがあるとはいえ、いわゆる定家流を継いで、幕末、明治に到るまで、「和歌」の伝統を護りつづけて来た。このことも、日本文化の流れを把握するためには忘れてはならないと思う。その歴史あっての「新しい時代の短歌」なのである。

それにしても、『新古今和歌集』を貫いている王朝末期の和歌の美学は、戦乱の外で「紅旗征戎《こうきせいじゅう》わがことにあらず」と喝破して動じなかった藤原定家の意志を継いで、明治維新に到るまで「和歌」に足枷を嵌《は》めたことになる。その功罪は定家に帰するべきではなく、また古式を継いで行くところに伝統の重みもあるので、一概には評価できないことは無論だが、短歌に深入りする人は、やはり古代歌謡や『万葉集』まで遡って一読しておくべきであろうし、明治以降の正岡子規の『歌よみに与ふる書』は無論のこと、明治天皇が「御歌所《おうたどころ》」を設置された意味も、充分考えておかなければならないと思う。

明治維新より以前にも、私どもが読んでも新しい「何か」の萌しを感じさせる田安宗武、あるいは橘曙覧《あけみ》の「独楽吟」などにも目を通しておくのがよいと思う。

短歌とは、一種の完形の詩型である。前にも述べたように、この完形ということばは、考古学の発掘で欠損なく出土した土器を「完形土器」と称するところから勝手に借りて来た名称なのだが、千三百年の歳月を経ても、なお日本人にとっては心に萌し心を打ち心から発する言い知れぬ心の動きを盛るには、最高の「型」であり、まさに「完形」であると思われる。動かせない「型」なのである。そこには無限の詩情を盛っても動じない「型」が厳然と存在する。

この「完形詩型」が永く愛され、永く崩れないということは、日本人の心を表現するのに過不足ない詩型だということでもある。そしてそれを声に出して読み上げ、朗々と歌い上げること、いわゆる「声調」ということの大切さを、私どもはもう一度しっかりと身に引きつけて考える必要があるだろう。たとえ口語短歌であろうと、暗誦し得る作品こそが秀作なのである。

転機となったアメリカ暮らし

結婚、そしてワーキングマザーに

五人の合同歌集『彩』を世に出してから、私は思うところがあって、短歌の世界から遠去かった。「青年歌人会議」の熱い議論も論争も、ひとしきり盛り上がったあと一段落して、そののち「ジュールナル律」の運動が、深作光貞の後援もあって、一時華々しく活動していたが、私はそのころ、すでにラジオの音楽番組や作詞、はじまりたてのTVの仕事に没頭していた。過日篠弘さんとの対談の中で指摘されたのだが、当時の私は、「短歌界みたいに狭いところはイヤ」といって、篠さんのところにわざわざ短歌との訣れを告げに行ったそうである。

ずいぶん我儘な、思慮のない言い分だが、たぶんそのころには、ラジオの「耳から聴く詩」を書き継いでいたのと、「前衛短歌」に影響されたくない「伝統派」の決意も揺らぎはじめていたせいかもしれない。

ＴＶでは、戦争のはじまりから終りまでをフィルム中心に構成して放映するＮＴＶ（日本テレビ）のドキュメンタリー番組『風雪二十年』の構成と、作中ドラマを書いていたこともあり、私の目差していた佐藤佐太郎の「純粋短歌」の創作との間に、埋め難いジレンマを感じていたのも事実であった。

そしてそのころ、慶応大の経済学部で「計量経済学」を講じていた尾崎と結婚して、新しい生活をはじめていて、大学近くの三田のマンションに住み、女児を授かるころには、暫く筆を折ってしまっていた。短歌どころか、育児で精いっぱい。何しろ当時、大学の教員の給料などはほんとに最低線、それでも尾崎が大学の帰途若い助手やゼミ生を連れて帰ってくると、大いそぎで二人分の夕食を、四、五人に殖やすことになる。おかげで、かなりの人数が急にふえても、何とか多勢で食べられるという、グループ的食事の殖やし方はお手のものとなった。

通りの向い側の角に小さなお豆腐屋さんがあって、その奥にお寺があり、江戸時代の学者荻生徂徠《おぎゅうそらい》の墓があった。徂徠は当時、貧乏しながら学問を深め、食べものを買うお金にも不自由して、豆腐の絞り粕の「おから」ばかり食べていたので、世に「おから先生」と呼ばれていたという。近いせいもあるし、体にも良いので、私はよくその店のお豆腐を買っていたのだが、メニューの中にお豆腐が二日もつづくと極って夫が聴くのである。「お金、無いの？」

学者が金持ちだったらむしろおかしいようなものだったが、当時、大学の給料が全く低かった時代。それでもやりくりしているうちに、ラジオの仕事が妙にふえて来た。何故かというと、女性ライターがまだ少なかった上に、子持ちのライターが珍しかったのである。そこで、子どもを生んだばかりの某女優さんになり代っての「育児日記」とか、「離乳食のしおり」「子どもとあそび」とか、何となく実用的な構成番組に引き込まれているうちに、結局は元に戻ってしまい、深夜の音楽番組の「夢のハーモニー」も続いていたので、気がついたら元のラジオ作家に立ち戻ってしまっていた。音楽番組からの作詞の注文もあって、「銀河鉄道の夜」などの作詞もした。奥さん業と母親業と仕事と、今の世の中なら別に珍しいことではないが、まあ、その先端を走っていた、といえようか。幸い、育児経験のある手伝いの女性が見つかって、私は安心して仕事を続けたが、彼女があるとき不満そうにいうのに、「いくら可愛がっても、やっぱり美砂ちゃんは、おかあさんがいいんですよね」「……」申しわけない。でも、本当に援けられた。

感性の日本語、論理性の英語

言いたくはないが私には離婚経験があるのに、夫は初婚でそれも私と同い年。それでもふしぎに、友だち感覚のまま、いつのまにか向こうが先生で私が生徒、といった地位協定（?）のようなものが醸成されて、その後四十八年間、諍いをしたことのないまま、彼は逝った。もしかすると、遺された私は彼の〝作品〟なのかもしれない、と思うことがある。

彼がフルブライトの奨学金でハーバード大に行ってのち、何が何でも渡米せよとの要請で、私は二歳の子を膝に抱いて、羽田から航空機に乗った。まだ日航のない頃で、ノースウエスト機に乗ったらもう、外国。ところが私の育った頃の戦前の英語はいわゆるクイーンズイングリッシュ、何でも「Would you please《ウッジュー プリーズ》」（恐れ入りますが）と頼まなければいけないといった丁寧英語。とくに私のいた東京女学館は渋沢栄一の創立だが、元々英語教育のための学校だったそうで、それも伝統的に叔母三人に姉三人、従姉が五人も同じ学校を出ているという、昔風の女学校なのだ。皆、「恐れ入りますが」タイプ。困ったナと思っているところに、娘がむずかり出して「オミジュ！　オミジュ！」（お水がほしい）というのである。さて、お水が欲しいを何という？　現代の人なら何でもないだろうが、敗戦国の人間である。当時アメリカの一般市民は日本人のことを格段に低く見てジャパニーズとはいわず「ジャップ」と呼んだ。知識人の間ではそんなことはないが、一般庶民の優越感がそうした差別的呼称を呼ぶのは、世界的な傾向だろう。しかし呼ばれる方にも人種的誇りがある。

それにしても、子どもの要求はたった一杯の水。「彼女が水が欲しいといっているので、お水を一杯頂けない？」これだけいうのに、現代の人には考えられない程の壁があった。ここでも「Would you please」をつける方がいいのかな。ウォーターというと、「水」のことだけでなく、お小水のことをいう場合もあるから使うなと教えられていたので、「a glass of water《アグラス オブウォーター》」というべきかな？

アテンダントを呼びとめて、娘の様子を指差しながら、おそるおそる依頼

してみたが、乗務員の背の高い女性は、「ワッツチューセイ?」（何ていいました?）と言うばかりで解ってはくれない。小さな娘はぐずるばかり。遂に私の心の縄がプツンと切れた。「My daughter want a water!」《マイドーターウォンナワラー》ほとんどカタカナ英語で大声を出したら、あらふしぎ、スチュアーデスは大きく頷いて「OK、OK、ちょっと待って!!」と、急ぎ足で去ると、すぐに大きなコップの水に小さなグラスを添えて運んで来てくれた。ありがとう。「母はつよし。」である。

こんな思いでサンフランシスコに到着。ここからロスアンゼルスに飛び、乗り継いでボストンに到着。当時は渡米して東海岸まで行くのに、こんなコースだったのだ。のちには幾度も渡米したが、北極回りでアラスカの雪の山脈を眺めたり、ハワイ経由でロス、国内線でニューヨーク、それからボストンなど、いろんなコースがとれるようになった。しかし私には最初の会話の蛮勇がなつかしい。すぐに米語に馴れる人もいるが、私には日本語が最初にあって、それを頭の中で翻訳しないと喋れない、という欠点がいつまでも尾を引いた。それは同時に、日本語の「感性的」本質と、米語もしくは英語の「論理性」との違いに気付く経験の幕開けでもあった。

日本語の美しさ、繊細さ

私どもの住んでいたのは、ハーバード大学近くのケンブリッジの町だったが、近くにMIT（国際工科大）やボストン大、女子大などもあるいわば学園都市で、チャールズ河がゆったりと流れ、ボストンの海に近く、霧の橋《ミスティックブリッジ》があったりして、霧も多かった。大きな書店にはガラス越しに分厚い新刊書が並べてあって、ふしぎなことに、表示された値段が、日毎に安くなって行く。欲しいけれどもう一歩下がるかな、と思って翌日通りかかるとすでに売れたらしく窓から消えていて、少々口惜しい思いをしたことが何度かあった。思えば昨今のパソコン市場の「アマゾン」の走りのような感じがある。

まだ一ドル三六〇円の時代で、しかも日本から五百ドルしか持ち出せない、という制限があったが、私にとっては初めての海外生活が珍しいしおもしろいし、多人種間の文化的差異や、民主主義を標榜するアメリカの中にもかなり階級差があることや、一体に知識人たちには人種間差別はほとんど無いことなどを悟っていった。

その後何度も訪米する折はあったものの、最初にケンブリッジに住んだことは、私にとって非常に貴重な経験となった。後になって小学館のPR誌「本の窓」に「ボストン物語」の連載をして割に手応えは大きかったが、これは一冊にはしなかった。

窓の外の枯葉を踏む小さな音がして、窓に栗鼠がのぞいたことや、その栗鼠はふさふさした尻尾をもつスクィレルという栗鼠で、郊外に行くと小さな縞リスがいて、これはチップモンクと呼ぶのだが、私のスクィレルの発音がおかしいといって、英語の先生に散々笑われたことなどを思い出す。

LとRの発音の仕分けが拙なくて、お米の話をしていて「ライス」といったら、その発音だと「シラミ」になっちゃうよ、と笑われたことがある。日本人には「L」と「R」の発音の仕分けが難しいのだ。結局「R」の時は口をつぼめて「W《ウ》」をつけるつもりで発音するように仕つけられてしまった。それにしても、日本語って、感性がつよくて美しいなぁ、と思いはじめたのはその頃だった。当時敗戦国日本の学者たちの中には、日本語は未開語だ、その証拠に、「ひらひら」とか「ばらばら」とかいう擬音語が無数にある、これは未開語の言語の特質である、などと、本気でいう言語学者があった。敗戦国日本には、自分のことばさえ貶《おと》しめる風潮があったのだ。国語科出身の私は、そうした学説に反発は覚えても、何も言えないことに焦立つことがあった。

しかし英語圏に住む折を得たことで、私は日本語の繊細さに気づきはじめたのだった。もっとも、同じ英語にもいろいろあって、知り合って時々家に遊びにも来ていたイギリスの医師が、急にロンドンに帰る、と告げに来た。夫が不審に思ったらしく、

「何故だ」と尋ねると、彼曰く、「こんな汚い英語を話す所にいつまでも居られるか！」

とおかんむりで、結局ロンドンの大学に戻って行った。「ことば」というのは難しいものだ。

いうまでもなく、この日本では、「ことば」の原義は「ことのは」、すなわち「事の端」を意味する。「物事」といいうけれど「もの」は「存在するもの」、「こと」は時間的経過を持つ「事柄」である。「事の端《はし》」をちょんちょんと叩くと、受けとる方は間ちがいなく承知する。「こと」を卒直に受取り、間ちがいなく承知する。「ものの け」とは「存在するものの気配」であって、これも人間の感性に鋭敏に捉えられる。日本人にとっての「ことば」とは、はじめから不完全性を持つが神聖なもので、「端」をちょんちょん、とつつくと、相手は「こと」をまず間ちがいなく受けとる。何千年もかかっ

て築き上げられてきた日本語は、たしかに論理性には欠けるかもしれないが、感性を前提とする詩的な言語構造をもっているようだ。

　おぼろげながら、日本語のもつ美しさは、祖先たちの繊細な感性が承け継がれ、磨かれて来たものなのだ、という結論にたどりついて納得しはじめていた私は、帰国したらまず、それを確かめるために「古典」をしっかり読み直そう、という結論に辿りついた。

　戦時中の学生で、ろくに研究も出来ずに世の中に放り出された一群の中に私もいた。学生でありながら動員され、油まみれになって学校工場で働いた。学問に対する飢餓感は、戦後になっても深く心に沁みついていた。今からでも遅いはずはない。気の済むまで知識を満たしたい。

　一方、幼い娘はどんどん成長していた。保育園に行っているうちに、早々に英語に馴れていた。雪の深いカナダのオタワ、クリスマス明けのニューヨークの寺院、落葉松が黄金色に輝くニューハンプシャー、黒塗りの魔女の家、どこにも連れ歩いたが、或る夜、雪の深いニューイングランドの道を車で走っていたら、丘の遠くで火が燃えていた。火事である。当時は地下室で石油を焚いて全館暖房をするのがこのあたりの習慣だったから、火事も多いのである。かなり距離がある火事を横目に車を走らせていると、いきなり娘がこう言った。

「雪の丘の遠い火事、なあんて、すてきじゃない?」

びっくりしてしまった。三歳の子である。

後に夫のいうのに、「母親の口調を真似たんじゃないの?」――たしかに、私の口調、かもしれない。しかし私は、幼児の表現力に驚くのと同時に、これ、「短歌」の素《もと》なんじゃないの?――そう、短歌って、卒直に、単純に、端的に切り取る詩型なんだ。

今まで妙に負担だった「短歌詩型」の原型が提示されたような気がして、この情景を今も鮮明に思い出す。その娘も先年、五十歳で早々に歿してしまったが。

古典作品と向き合う

最初のアメリカ生活はこうして一段落、帰国してNHKやLF(ニッポン放送)の仕事に立ち戻ったが、病身の父母のために、世田谷瀬田の実家に住むことになった。近くの友人の家からの要請で、月に一、二回、『万葉集』の講義を受け持つことになったのもその頃の事である。学生時代には藤森朋夫先生と五味保義先生による『万葉集』講義を受けていたし、卒業前に「湯原王研究」を藤森先生に提出していたのと、当時はまだ短歌界では何といっても「アララギ」系が強く、ともかく『万葉集』を読んでいないと討論にも加われない雰囲気があった。従って否応なしに佐佐木信綱校訂の岩波文庫の『新訓　万葉集』は端から端まで読むのが通例であったから、何気なく引き受けてしまったのだが、今思うと、これもまたのちに古典に深く関わるようになったきっかけの一つだったのかもしれない。

ただ、アメリカ滞在中に日本語をもう一度しっかり身につけよう、と思い初めたころ、私の胸の底には『源氏物語』をしっかりと読み込みたい、という願望がつよく存在していた。

小学生のころ、母から与えられた子供向けの古典シリーズの中に『少年源氏物語』というのがあって、一応の筋は知っていたのだが、何しろ戦中の女子大では、軍部の意向は宮中の不倫など教えるとはとんでもない、ということであったらしく、先生は「この辺りはご自分で読んでおいて下さい」という他はない。そんな時代を過ごして来たのである。戦争に入る以前には、子供向けの古典として『少年源氏物語』『少年平家物語』『少年伊勢物語』『少年源平盛衰記』などの、有名作家の訳が出ていて、その大半はまだ私の手許に現存する。中には楠山正雄編『源氏と平家』という豪華本もあり、小村雪岱《せったい》画がまたすばらしい。

多くの作家たちが子供たちのために古典を扱うという、深く文化的な空気が戦前にはあったということを、現在の人々はあまり知らないと思うが、今思うと、昭和戦前の児童向けの文化基盤は思いの外に深かったのだ。

本の世界へ

蛇山住まい

戦前の児童向け文学の充実については、一般にはあまり語られることがないように思うが、私自身が恩恵を受けた児童向けの書籍には、今思い出してもかなり内容の分厚いものがあった。現代のようにスマホのゲームがあるわけではなし、ゲームといえばせいぜい「コリントゲーム」位で、じきに倦きてしまう。とくに東京から離れて千葉姉ヶ崎の、勝望山《しょうぼうさん》という山の上の別荘仕立ての家を借りて、父の療養のために住んでいた一年半余りは、娯しみといえば読書ばかりだった。

その読書欲を満たしてくれたのは、姉たちの幼時に揃えられていた『小学生全集』である。姉たち三人はほとんど年子で、すでに女学校を卒業していて、私だけがぽつんと小学四年生。東京暮らしと異って、何もない山の上、それも土地では通称「蛇山」

と呼ばれていたとは後に知ったことだが、ともかく蛇が多くて、トイレ（当時は御不浄《ごふじょう》と呼んだ）の窓の格子に巻きついていたり、物干竿の上にのうのうと身を伸ばしていたりする。中に、たいそう大きくて長い白蛇が一匹いて、坂の下から幾曲りして山を登る階段の竹の手すりに、ながーく身を伸べて昼寝（？）をしていることがあった。土地の人はこの蛇を「弁天さまのおつかわし姫《め》」と呼んでいて、「怖がることはないよ、あっちへ行きなさいよ、と声をかけるといなくなるからね」と教えてくれた。ほんとに美しい蛇で、白い鱗の下に何となくピンクの血色が透けて見え、眼は紅い。小学生の私も時々見かけたが、実際、声をかけると、ゆっくりと身を動かし、どさり、と草叢に身を落としてどこかへ去って行く。だから私は、あまり蛇を怖れることがなくて大人になった。

話が逸れたが、その勝望山の主屋は、西側に大きな窓があって、そこから小さな町と浜を越えて東京湾が見える。女学校を出たばかりの姉たちは時々その窓から海の彼方を見ては、「東京に帰りたーい」と、溜息をついている。その周囲には「新女苑」とか「婦人之友」とか、歌舞伎や宝塚の雑誌が散らばっていた。年ごろの姉たちにとっては、住み馴れた東京の街、とくに銀座や神楽坂の盛り場の賑わいが恋しかったのだろう。何しろここ蛇山には、何の娯楽もないのだから。

姉たちほどの空虚感はないにしろ、私は小学四年生、毎日山を下りて姉ヶ崎駅から本千葉駅まで汽車かガソリンカーに乗って、千葉の師範附属小学校まで通学していたが、そこではまた、東京から来た女の子が珍しいのか、男の子たちにさんざんいたぶられた。やっとの思いで山に帰ると、母が「いじめられたの？」と、とくに心配する風ではなく、微笑しながら訊くのだが、私は必ず「ううん、大丈夫」と顔を横に振る。すると母は「でも、わかるわよ、涙の跡が黒いんですもの」といいながら、濡れたハンカチで眼のまわりを拭いてくれる。しかし母は、何があったのとか、詳しいことを訊ねることもなければ、心配する風もなかった。初めて「世間の風」に当っている子どもを黙って見守っているようだった。

そんな私を救ってくれたのが、当時の『小学生全集』だった。

『小学生全集』と菊池寛

この『小学生全集』全八十八巻は、昭和初期に文藝春秋社から発行、配本された児童書の魁ともいえる全集で、初級用三十巻、上級用五十巻、別巻八巻から成り、文藝春秋社を興した作家、菊池寛が、子どもたちに秀れた児童文学と知識を平等に与えようと、企画実行したものといわれる。いわゆる予約制で、個人だけでなく、学校などで購入することも多かったようだ。当時はまだ日本は貧しく、図書館も少なかったし、貧富の差も大きい社会だったから、菊池寛にとっては大英断だったのではなかろうか。菊池自身、貧しい暮らしから身を起てた人だが、血筋も頭もよく、一高時代の同級生には芥川龍之介、久米正雄、松岡譲などがいたし、同学年には山本有三、倉田百三などがいた。菊池が「文藝春秋」を創刊したのは大正十二年一月だが、この壮大な『小学生全集』を企画したのはおそらくそれよりさほど遅くない時期であり、また執筆には、当時の同級生たちの作家群の協力があったとも聞いている。

いずれにしても、この『小学生全集』が世に広まったことで、戦前の児童書の分厚い刊行が続くことになったのだと思われる。

たぶん、読書好きだった母が、三姉妹のために揃えたこの全集本は年の離れた

ひとりっ子に近い私の手元に引き継がれたのである。

いま手許に唯一残っている『ホーマー物語』は二二六ページ、高畠華宵《かしょう》による表紙は、ホーマーすなわちホメロスが吟遊詩人として物語を歌って歩いたという姿を美しく描いている。本文では、三千年も昔に歌い伝えられた「イリヤッド」と「オデッシウス（オデッセイ）」の詩文が、わかり易い「物語」として書かれている。訳者としては「菊池寛譯編」とあるので、おそらく菊池自身の執筆だろうが、多くの挿絵が入っており、今読み返しても決して古びてはいない。こうした訳編は、菊池以外の文学仲間も直接手を貸したと聞くが、子どもたちへ世界に開いた視線を与えるという意図は、しっかり伝わってくる。

この全集の内、初級三十冊が赤い背表紙、上級用が青い背表紙に色分けされていたが、姉ヶ崎の家の別棟には、ガラス戸曳きの低い書棚があり、そこには姉や母の手で、まだ幼い私に読めそうなものだけを五十冊程収めてあった。夜も更けると、私は祖母に連れられて階段を登ってその別棟、「お離れ」に行く。東京にいた頃から、父の発病後は幼い私だけが祖母の離れに寝泊りしていたから、別に寂しさはないのだが、妙なことに、ここでは読書の印象ばかりが強くて、祖母の印象が余り残っていない。私はその頃からたぶん「ひとり」に馴れ、「ひとり」の世界を持つようになったのだろう。

その世界、「ひとり」はちっとも寂しくなかった。何しろ誰にも邪魔されずに、本の世界に入り込み、溶け込み、ひたすら充実感を感じていたのだから。

好みも次第にはっきりして来ていた。「アンデルセン」は好きだけど「グリム」の童話は嫌い。だって、残酷だもの。「ギリシャ神話」の「トロイの木馬」の知恵、昔の人って、すごいなあ。「小公子」「小公女」「家なき子」「家なき娘」「ジャングルブック」「アリス物語」「クオレ」「ピーターパン」……といった具合に、学校でいじめられても家に帰れば自分ののめり込む世界が待っている。

転校生でいじめられたせいもあって、今でも平気で「千葉って嫌い！」と公言しては、千葉生まれの人に「そんなに嫌わないで下さいよォ」とたしなめられる私だが、本音をいえば、ちょっぴり千葉がなつかしいのである。

「昔ながらの山ざくらかな」

おそらくはこの『小学生全集』の影響もあってか、昭和戦前には、子ども向けの古典文学の本がたくさん出ていた。前述した『少年源氏物語』『少年源平盛衰記』などが、小学生の私の中にさまざまな世界を色あざやかに写して見せたのである。

これも前述した『源氏と平家』（楠山正雄著、冨山房）は、初版大正十四年十一月で、手元に現存する一冊は昭和十一年十二月発行の第七版とある初版、ちょうど文藝春秋社から『小学生全集』の出たのと同じ頃で、編著者の楠山正雄は、これを小学五年生向きに書き、小村雪岱のすばらしい挿画と共に、今見ても驚くほど出来のよい児童書となっている。

小村雪岱は当時名高い日本画家だが、舞台装置なども手掛け、戦後、先々代市川猿之助の舞台、「一本刀土俵入り」の、灰色の中にしんしんと雪の降る終幕など、今もありありと眼にのこっている。ちなみに、この時の女形は新派の喜多村緑郎で、この配役も、せりふのやりとりも昨日見たように記憶している。たしかに「戦争は終った」、という実感があった。

ところで、見事な装丁、挿画を持つこの本の中で幼い私は、平清盛の横暴や、中庸を旨とした重盛の死、鬼界が島に流された俊寛の話、源氏の旗上げ、福原遷都、薩摩

守忠度が都落ちの際、和歌を俊成卿に託したこと、などなどを心の奥底に溜めて行った。

忠度は都落ちの際、一人ひそかにとって返して、京の五条に住む藤原俊成の門を叩き、鎧の隙間から、百首ほど和歌を記した巻物をとり出して、もしも勅撰和歌集に一首でも載せて頂ければ、この上の名誉はない、と言い置いて去った。

さざ波や志賀の都はあれにしを昔ながらの山ざくらかな

この歌はのちに『千載和歌集』に「よみ人しらず」として、ひっそりとのせられたのだった。この話は『平家物語』の巻七「忠度都落」の項に出て来るが、後になって『平家物語』を通読した際に、子ども時代に読んだ『源氏と平家』の書がどれだけ役に立ったか、計り知れないものがあった。

この歌など、子どもの頃からお正月ごとに「雑魚《ざこ》の魚交《ととま》じり」と姉たちにからかわれながら何となく覚えた「小倉百人一首」と並んで、いつのまにか頭の隅に住みついてしまった。

『小公子』のロード・フォントルロイや、『オデッシウス』の子息テレマカスと共に、というよりもいっそう鮮やかに、忠度の心情は幼い心に沁み込んで来たし、第一、「和歌」の形式は何とはなしに、子ども心にも快く響くのである。絵には描いてなかったはずなのに、忠度が鎧のうしろに手折った桜の一枝を負っていたような気がするのは、お芝居で見た記憶とごっちゃになっているのかもしれないが。

マンガの効用

当時から結構マンガもさかんで、戦時中だから田河水泡の『のらくろ』や、島田啓三の『冒険ダン吉』などが流行っていた。『のらくろ』は野良犬のクロが軍隊に入って活躍し、出世して行く物語だが、戦争が厳しくなってからは、軍籍から離れて「のらくろ探検隊」になったのを覚えている。のちに『サザエさん』を描いた長谷川町子さんは田河先生のお弟子さんである。

当時からマンガを読ませることを嫌がるママたちも多かったようだが、私は本を禁止されたことは一度もなく、私自身も娘が幼稚園時代に『鉄腕アトム』(手塚治虫)の一巻目を買って、漢字に全部ふりがなを振ったことがある。娘に読ませるより本人がまず読みたかったのかも。

読書欲は、本の入手が不自由になった戦時中には最も高くなって、女学生時代には家にある本を手当り次第読んだが、おかげで『世界文学全集』の中にあったドストエフスキーの『白痴』を読んで拒否反応を起し、大のドストエフスキー嫌いになってしまった。

現在のスマホゲームと異って、「ことば」を「読む」ことで得られるものは、思いの他に広く深いような気がする。瞬間的な反応は不得手かもしれないが、心の底、記憶の底に溜って行く「ことば」と「文字」は、ゆっくりと記憶に沁みわたり、知らず知らず定着する。その積み重ねが熟成して行くとき、人は自然に物事への対処法も判断力もしっかり身につけて行けるのではないだろうか。時間をかけて定着して行くいわば一種の教養のようなものは、積み重ねの時間がないと身につかない。その入り口としてスピード感のある漫画にもまた、大きな存在理由があるだろう。

私自身幼児期にマンガを制限されることがなかったから、私も娘にマンガを制限したことがないのだが、『日本の歴史』というシリーズも漫画本で読ませてしまったせいか、娘から、「マンガで覚えるのはいいけど、例えば徳川家康っていうと、すぐあのマンガの顔が出て来ちゃうから困るのよね」といわれたことがある。

『日出処の天子』などは面白くて次々に出るのを買って（これも娘のためより自分のため？）いたが、最終巻がなかなか出なくて、発売の日にわざわざ鎌倉から神田の本屋街まで買いに出たりした。ところが、この最終巻はひどく詰まらないものだった。作者が話をひろげ過ぎて、収拾がつかなくなったのだろうか、期待を裏切られた感があった。

ほかにも当時の『釣りキチ三平』や『三つ目が通る』などを全巻読んでいる。今から思うと、全くヒマがあったなぁとも思うが、つい最近も宮部みゆきの『ソロモンの偽証』全六巻を一週間余りで読了してしまった位だから、本に熱中するのは昔から変らぬ私の性癖なのかもしれない。

子どもには子どもの

こうして私の学童期は、本を読むことによってかなり充実していたと思うのだが、これは前述の通り、戦前の児童書がすぐれた作家たち、編集者たちによって刊行されていたこと、その努力と精神性に支えられていたことに思いを致すべきであろう。戦前にはまだ、所謂男性社会といった風潮がどことなく残っていたが、大人たちが子どもたちを大切に育てようとしていたことの証のようにも思うのである。

ある時『少年伊勢物語』を母が与えてくれて、熱中して読んでいるところへ、伯母がやって来て、私の読んでいるのが『伊勢物語』だと知ると、母に文句をつけたことがある。

「まあ、こんな本を子どもに読ませるなんて」

母が「どうして？」と訊ねたところ、伯母のことばがこうだった。

「だって、おじいさまがそうおっしゃっていらしたもの」

母たちの祖父秋月天放は漢学者で医者でもあった。広瀬淡窓門下で長崎にも遊学したときくが、伯母にとってはおそらく「おじいさま」のことばは絶対的なものだったのだろう。

しかし、妹である私の母はおちついていた。

「あ、そう？　でも子どもには子どもにわかるようにしかわからないものでしょう？それに、私も子どもに合わせて選んでいるから」

この場面を、私は今になっても鮮明に覚えている。母は早く生母を亡くし、継母の来たとき十四歳という感じ易い年齢であったせいか、日ごろから読書に熱中して、家人の中でもいろいろ言われた時期があったらしい。そのせいか、子どもに本の制限はせず、ただし、見えないところで目を配っていたのだろう。この歳になって初めて、母の〝眼〟に感謝する気になるのである。

時間感覚のこと

絹のスカーフ

ちょうど日本にテレビが普及しはじめたころ、私はＮＨＫに拾われて、放送作家として歩みはじめていた。

まだテレビ放送がはじまったばかり、放送局の中で人事異動があって、試験放送中のテレビ番組のスタッフに行かされるというので、女性の局員が泣いていたのを思い出す。彼女にとっては、ラジオ番組こそが本丸であって、テレビに回されるのは、〝左遷〟と感じたのだ。今思えば失笑ものだろうけれど、現場の空気はそんなものだった。

当時私は家庭番組を中心に書かされていて、一方では音楽番組も手がけていたが、時にはこのテレビの家庭番組の試験放送に駆り出されることがあった。大体が、ふだんのことばづかいから違うので、（つまり職場ことばに馴れていないために）女性の意地悪のプロデューサーからは「奥様だからね」と皮肉まじりに言われることも多かったのだが、テレビ番組の構成を手がけるようになると、

「ちょっとあなた、テレビ助けてよ」

と、いきなりカメラの前に立たされることがあった。

「えーっ、私、ムリ」

といっても、相手は無視。

「ともかく、時間は五分。三十秒は余裕あげるわ」

「何するの？」

「ほら、これ。結び方とか使い方とか」

渡されたのは三枚のスカーフである。当時ようやく服装にも

一体に余裕ができて、絹のスカーフがデパートなどで人気が出はじめていた。兎に角、空襲から頭を護る〝防空頭巾〟なるものを常に携帯して、空襲警報が出ればそれを被って一番近い防空壕にとび込む暮らしから解放されて、ようやく十年ほど経った、という時代である。スカーフなどというものは、流行の先端を切る「おしゃれ」だったのである。

何しろ、戦後の有楽町あたりには、米兵に色を売るいわゆるパンパン嬢が昼間から出没し、得意然と着ているのが何とネグリジェであったりして、東京育ちの、〝物知り〟の人たちの眉をひそめさせていた頃から十年余りしか経っていないのである。地方育ちの女人たちにはふつうの洋服と寝巻の区別がつかないのも無理なかったと思うが、これが得意げに昼間、街に佇っているのも嫌な風景ではあった。

このような街で、大判のマフラーが一時大流行したのは、菊田一夫の『君の名は』のヒロインの、頭から冠って顎に回した大判マフラー「真知子巻き」が、以前から女たちの用いていた「肩掛け」の、新種の使い方に通じていたからでもあろうか。

その後、ともかくようやく、新しいおしゃれが許されるようになったのは、朝鮮戦争後の昭和二十七、八年以降だったと思う。その中のひとつが、絹のスカーフだったのだ。すでに化学繊維のスカーフも出ていたが、これは静電気が起き易く、はがそうとするとパチパチ音がしたりして、まだ普及はしていなかった。

それにしても、スカーフをどうしろっていうの？　試験放送とはいえ、視聴者は確実に居る。そうでなくても、人前で何かいうことは苦手で、人のいうことを「うん、うん」と聴く側だったし、女学生時代はいわゆるアガリ症で、すぐに真赤に顔を染めてしまうという、思いの外の小心者であった。だから喋るよりも書く方へと進んだので、人前に顔をさらして話せるようになるのは、五十歳を超えて、肝が据わったのちのことだ。だから、当時ニッポン放送の脚本も書いていたせいで、「ウチの番組で喋らないか」と誘われた時も、頭から拒ったほどである。学生時代、新劇の山本安英さんの指導によって、発声を矯正された時期を経ているので、再教育の必要がない、というメリットがあったのだろう。が、私には到底、マイクの前で話す度胸など、全く無かったのである。

「五分間」という時間

ともかくも、時間は迫ってくるわ、心臓はバクバクするわ。ド素人の出演者の恐惶状態も意の外、「出来るでしょ、自由にやって」と、プロデューサーは〝添えもの〟の私を無視して、本番前の主たる出演者と丁寧に打合せをしている。一体の上半身モデルが無造作に置かれた台の前で、困惑する私を置き去りに、スタジオの時計の針は、ジリッ、ジリッ、と大きな秒針を進めて行く。頭は真っ白。が、その時、ふっと息を吐いたら、覚悟が決った。「エイッ！　何だ、これ位のことでおどおどするなッ」

結局、モデルの人形を使って、スカーフを三角に折ってから前で交差する方法、斜めに結ぶ方法、後ろに結び目をもって行く方法、などなど、現在なら誰でも知っている当り前の使い方を、いかにも新しい知識のように紹介した。自分の嵌めていた指輪を使って、両方からスカーフの端を通す、というようなこともした。五分。長いのである。これが。

「五分」といえばずっと昔、東京女学館の中等科（中学）一年に入学して、はじめての作文の時間、当時のH先生が、いきなり、「はい、皆さん眼を瞑って。五分間、黙って目を閉じていて下さいね」と言って、皆、訳もわからず目を瞑った後、「はぁい、眼を開けて！」とにんまり皆を見回し、「いまの五分間に感じたこと、書いてみましょう。何でもいいのよ」

その時私は「五分間の沈黙」という、かなり長い詩を書いた。初めは、別れた小学校の友だちのことや、思い出すことを書いているうちに「もう考えることがなくなった／はやく終れ、はーやく終れ／この沈黙……」などと、勝手に書いたのが先生の眼にとまり、他のクラスや上級生のクラスでまで、黒板に書いて紹介されたことで、私は一躍全校に名を知られることになってしまった。

あの時も「五分間」だったっけ。だったらこの五分間も擦り抜けられる。妙な自信がついて、とにもかくにも、生まれてはじめてのテレビ出演（という程でもないか）を了えたのだった。

案外にも観ている人は多いもので、女学校時代の友だちから「拝見したわ」などと電話がいくつかあったので、今更赤面したが、ともあれ、あのドキドキ感を克服したことが、人前で〝話す〟度胸の生まれた最初の体験であった。

その後は、テレビがどんどん普及して、NHKテレビだけでなく、フジテレビ、教育テレビ（現在の10チャンネル）などの試験放送、本放送を書くようになったが、一番印象に深く残っているのは、日本テレビ（NTV）の「風雪二十年」というドキュメンタリー番組である。

ドキュメンタリーといっても、戦前、戦中のフィルム（世界各国から収集した貴重なものだ）を中心に、日本がどういうわけでこの戦争に巻き込まれて行ったか、世界はどのようにして第二次世界大戦を繰りひろげてしまったのか、とくに日米間の戦いはどのようだったのか。ほとんど戦後に入手したニュースフィルムを中心に構成したもので、フィルムの無い部分をドラマ仕立てに書くのが主な私の仕事だった。

今思えば実に貴重なフィルムが集められていて、しかもその間に、関係者が実際の場面に立ち合った話を生々しく語り合うという、〝生きた話〟も聴ける趣向。実感のある番組なのだが、ともかく録画の技術もまだ今のように進歩しておらず、一メートル幾ら、と計算しながら録画するという臨場感があって、NHKのように大らかでない所も、私にとっては初体験で、身に沁みる処があった。

しかも一方、そのフィルム画面の撮られた当時、実際に生きていた方々が、ナマで話をするのである。ここは録画でなく、ナマ放送なのだ。何人かのゲストの話が伯仲して、時間通りには終了せず、司会の女性アナが、あとで泣き崩れているのを見たことがある。テレビ出演に馴れていない人が多かったから、「ではこれで……時間なので」と終ろうとするのを、「いや、ここでは終れんのだ!!」などと、話を止めないというケースが続出するのである。ある意味では、臨場感があって、いい時代だったともいえるけれど。

「だまし討ち」ではなかった?

その「風雪二十年」のテレビの中で、私には忘れられない話がある。このシリーズの中では、日本が当時、次第に世界から孤立して行き、遂に国際連盟から脱退せざるを得なかった辺り、当時の外相松岡洋右が会議場から立ち去る場面もあって、また、満州や朝鮮をわがものにせざるを得なかった日本の立場、東北の大飢饉の影響など、現在では殆ど省みられない切迫した事情も描かれていた。だからといって「大東亜戦争」と銘打った戦いの経緯を擁護する気などさらさら無いが、一番気になっていることがある。

それは日米開戦の実態の中で、明確にされていないことなのだと思うが、戦後七十年経って、アメリカのオバマ大統領がヒロシマに慰霊に訪れ、安倍首相がハワイの真珠湾攻撃に対する奇襲の謝罪に訪れるという現実の中で、誰もが真珠湾攻撃を「不意打ち」「奇襲」であると信じて疑わないこと。本当にルール違反だったのだろうか。「風雪二十年」の中で、日米開戦当時、ハワイ領事館に勤務していた外交官の一人が、この番組に出演して、話して下さったこと、それによれば、宣戦布告の文書が「速達」で領事館に届いたのは、日曜日で、職員は休み。その文書は領事館の正面扉の叩土《たたき》の上に、届いたまま置かれていたのだそうだ。従って全くの不意打ちになってしまったのは、その文書を見て相手に告げる折を逸したからだ、と、その外交官は穏やかに苦笑しながら語っておられた。日本はちゃんとルールを護っていたのだけれど、と。しかし、考えると、それなら宣戦布告はハワイ領事館のみならず、ワシントンの政府にも届いていたはずで、但し日時はハワイとワシントンでは時差がある。あるいはワシントンの政府も奇襲を予め知っていたかもしれない。日本のようにあまり裏表の駆け引きに馴れない小国に対して、強大な米国の知恵からすれば、不意打ちを理由に対手を殲滅《せんめつ》するなど、お手のものだったろう。

テレビで真珠湾攻撃の話が出るたびに、私はこの領事館の「届かなかった宣戦布告」の話をありありと思い出す。この番組は貴重なフィルムを集めたものだったが、当時のチーフPDがKという陸軍参謀本部出身のかなり強引な人だったから、そのフィルムの貴重性は、十分評価されないまま、今も日本テレビの保管庫に眠っているだろう。万一この文章を読む関係者がいたら、ぜひ発見して見直して欲しい、と思う。

「時間感覚」のこと

ところで、一方ではNHKが田村町から渋谷宇田川町に移ると、こうした試験放送的なものはもう失くなり、がっちりした手順を踏んだドキュメンタリーや、大きなドラマが放映されるようになった。日本テレビでもカラーテレビに転換して行ったが、「風雪二十年」は黒白画面だった。当時の日本テレビの局の前には大型テレビが据えられ、夕方入局する頃には多くの視聴者が群れて、アメリカのカラーテレビの音楽番組を見に集まっていた。色は赤、青、緑の三色から成っていたと思うが、当時イギリス映画で使っていたイーストマン・カラーという青の強い色彩映画からすると、いくらか色合いが淡かったように記憶している。その試験放送がじきに本放送になって、カラーテレビは爆発的に普及して行った。

こうした話は主題であるはずの「自伝的短歌論」とはあまり関わりが無さそうだが、当時の「生放送」のあちこちでの経験は、のちになって人前での講演を頼まれるようになってから、たいそう役に立った。要するに「時間感覚」がいくらか磨かれたと思うのである。

例えば、講演会で講演を依頼されたとき、大抵は大学の先生とか評論家とか詩人とかと組み合わされることが多いのだが、大体は予定時間をオーバーする先生方が多い。一時間の予定が三十分延びるなどは始終起る現象といえる。東京ならまだしも地方講演などでこれだと、帰途の列車に乗れない人が出たりする。そんな時、私は必ず時間調整をして、自分の話を短くしてきっちり時間通りに入れ込むようにしている。だから、という訳でもないが、講師が二、三人いれば必ず私がトリをつとめることになってしまう。大学の先生などは九十分授業に馴れているはずなのだが、終業ベルが鳴らないせいか、意外に話が長びく、というより、自らの話に酔って延々と話す方も案外多いのだ。

話が伸びてスカスカになるよりは、短めに重点主義で話を進める方が、聴衆としては聞き甲斐があるし、何も一々笑いを取るのが講演上手とはいえないだろうと思う。人前に立つことが苦痛で、話すことがヘタだった私が平気で喋っているように見えるのは、ラジオやテレビで培った「時間感覚」のおかげに他ならないのである。

この感覚は、短歌を作る時にも結構役立つようなのである。つまり一首の中で、時間の一瞬を切り取るか、もしくは永い時間をことばのつづきの中に籠《こ》めるか、「現在」と「過去」と「未来」をどうやって判然とさせるか。時間の持続の中に人間は生きているのだ。過去も現在も未来も、みな続いていて、人間の生は時間の縛りの中から脱出することはできない。

作歌法には、作者一人一人が自分にふさわしい切り込み方、感覚の把え方を自覚していないと成り立たないところがあるが、そこに「時間感覚」のあるか無いかで、作品の深さも幅も出てくるのではないだろうか。これは短歌だけでなく、同じく短詩型の俳句を見てもよく解るように思う。

降る雪や明治は遠くなりにけり　中村草田男
スケートの渦のゆるめり楽やすめり　石田　波郷
ひらひらと深きが上の落葉かな　高浜　虚子
初雪や水仙の葉のたはむまで　芭　蕉

どれもみな流れ去る「時間」の中で対象が的確に捉えられている。

このような例を挙げるまでもなく、時の流れの中の「時間」に心を止めること自体、短詩型という定型詩を創作する上で、必ず心に留めてよいことだと思うのである。

薔薇の人

中井英夫との出会い

先年、東京豊島区役所に併設されている豊島図書館で、「中井英夫と尾崎左永子展」という展示が催された。小さな展示でもあり、特に事前に相談を受けたわけでもなく、要は最近再ブームといわれている幻想文学作家、中井英夫の作品の裏に光を当てる、という企画だったようだ。

中井英夫の代表作といわれる『虚無への供物』の中で、登場人物の中に唯一出てくる女性「奈々村久生」、シャンソン歌手の「奈々緋紗緒」なる狂言回し役のモデルが、この尾崎左永子だということになっていて、いろいろなところに書かれている。知らないうちに、奈々久生すなわち尾崎左永子だ、という風評がほんものらしく見えて来ているらしい。

これは無論、全くの錯誤ではなく、中井（以下敬称略）自身が何かのインタビューで肯定しているのだから反論もし難いのだが、中井との関わりをいくらか書いておいたら、という薦めもあって、筆を進めることになった。

中井英夫と知り合ったのは、彼が「短歌研究」の編集長として「日本短歌社」（木村捨録社長）に勤めていたころのこと。中城ふみ子の「乳房喪失」、寺山修司の「チェホフ祭」の五十首詠によって、短歌界の戦後の沈滞を一気に吹き飛ばした昭和二十九、三十年頃の話である。ちょうど斎藤茂吉、釈迢空の短歌界の二巨頭が相次いで亡くなり、「二巨頭墜《お》つ」といわれていた時期で、戦争に協力したということで歌壇自体の沈滞期、というよりも、新しい発展をするための模索をつづけていた頃、といってもよい。

以前すでに触れたが、当時、私ははじめて短歌の総合誌を手にして、五十首詠募集を知り、無謀にも五十首詠を郵送したのだが、どうにも気に入らず、新しい五十首を作り上げて、神田の「短歌研究」の編集部に持っていった。その時、ともかく対応をして、私の原稿を受けとってくれたのが中井であった。その際、私の服装の印象が強かったのだと彼は度々話している。どう考えてもそれは私の好みとは思われないのだが。以前にも書いたので、重複を承知で記すと、何やらノースリーブの、それもダブルボタンの赤いブラウスに、光る濃紺に同色の細い波形の入った絹のサキュラースカート、それに緑のサッシュベルトをしめる、という装いだった、と、彼はいうのである。大体私自身は、若いころから黒かブルーが好みで、ほんとにそんな取り合わせをしたのかな、とも思うのだが、ともかくそのおかげで、持ち込みの原稿は印象にのこったとみえ、「再持ち込みはそのままポイ、というのが当然」という彼の掟を破らせる結果になったようだ。

そのおかげか、私はその第二回の五十首詠で寺山修司の「チェホフ祭」が入賞した際、その他おおぜいの中の一人として、「松田さえこ」の名ではじめて「歌壇」なるものに登場したのだった。これをきっかけに、寺山修司との交流も長く続いたが、その話は別にしよう。そのあとじきに角川書店から、短歌総合誌「短歌」が発行されるようになり、当時の編集長斎藤正二氏の要請があって、新人のグループが結成された。結社の枠をこえて、「青の会」が生まれ、じきに「青年歌人会議」として拡大充実して行くことになる。そのころ、斎藤の退陣に伴って、中井が「短歌」の編集長として迎えられた。

当時、私はNHKからの新人ライターを探す網にひっかかって、思いもかけずラジオ作家の道を歩みはじめており、婚家先から実家、それから青山一丁目の仕事場へと移った時期でもあった。

いま、「短歌」の昭和三十一（一九五六）年七月号が手許にのこっているが、この号は「戦後新鋭百人集」と銘打っており、新しい歌壇を拓いて行こうとする編集者の熱意が伝わってくる。百名の作品が五十音順に並んでいる中には、安騎野志郎（前登志夫）、石川不二子、大西民子、岡井隆、島田修二、寺山修司、富小路禎子《よしこ》、塚本邦雄、寺山修司、馬場あき子、松田さえこ（私）、三國玲子、安永蕗子などの名が見える。一世代前の葛原妙子、瀧口英子（宮柊二夫人）などの名もあって、当時の歌壇の状勢が一望できる。青年歌人会議に加わらなかった岡野弘彦、田谷鋭なども名を連ねている。なつかしい一冊である。

この「新鋭百人集」を編んだのが斎藤正二で、後記に「正」と署名がある。斎藤から中井へと急に交替した事情は知らないが、斎藤さんは後に学者として二松学舎教授などを務めた人。交代時に中井が「短歌研究」の後を託したのが、のちに名編集長といわれた若い杉山正樹で、のちに朝日新聞に移ったと思うが、これも敏腕の編集者だった。

よき友、そしてよき編集者

歌壇に興味のない人には、名前の列記など興味ないだろうが、ゴマンといる歌人群の中で生き残っている人は、それなりの力量を備えているのはたしかであろう。但し、その中でもなお、後世に作品が愛され続ける歌人はごく少数になる。才能や作品そのものよりも、その生涯が際立っていたり、時代に適っていたか、反対に自らの美意識に忠実であって後世になって再び急に光を帯びるか、それは時代の流れの方向にも拠るだろう。今の私は残り少ない生のなかで、実朝と後鳥羽院を自分の眼で見直す作業を、五年来つづけている。作品になって読者の目に触れるまで行くかどうかは、生命と体力、知力の限界がどこなのか、神のみぞ知る、という実感がある。自らの作品がどこまで残るのか、どこまで作れるのかもむろんわからない。それでもなお、締切があれば全力を尽さねばならない。

その作者の作歌力を伸ばすのは、よき先達、よき編集者にめぐり合えるか、よき読者に会えるか、にかかっているだろう。

そういう眼で見ると、中井はたしかにまことに秀れた編集能力を具える人であったと思う。ただし、自らの美意識に忠実なために、かなり恣意、強引なところがあったから、作者たちとの関わりにも濃淡があり、有力な歌人であっても、例えば現在でも第一人者とされる岡井隆に対しては、かなり冷淡であった。

岡井自身も、青年歌人会議で主導的役割をつとめながらも、中井には距離を置いていたし、実際、私が永いこと短歌から離れていて、第一歌集『さるびあ街』（松田さえこ名。琅玕洞、一九五七年）が、実に三十二年ぶりに新装出版（尾崎左永子名。沖積舎、一九八九年）された時、栞に書いてくれた文章の中に、「……中井英夫さんがらみなので、書きたくない」と記している。岡井は若いころから次々に相方を変えるなど、心情に従って生きて来た人だから、同性との愛に生きる中井とは、相容れない性情があったのだろう。

私の場合は、女ばかりの姉妹の末子で、学校も女子校ばかり、男の子と同級だったのは千葉の女子師範附属小に在籍した一年四ヶ月のみで、さんざんいじめられたし、一旦結婚してもその日から別れたく思ったまま、当時のことだからきっかけがなくて足かけ五年、ようやくＮＨＫに拾われて一本立ちしたばかり。男性とつき合ったこともなく、中井は「あちらの趣味」、つまり男性同士棲んでいるのをじきに知ったから、気を使うことなくつき合うという便利さが、お互いにあったのである。

私は女子大を出てすぐ、作家の長田幹彦さんのお宅で、仕事を仕込まれた時代があり、中井は私に、「短歌」の編集を手伝わないか、と言って来た。

長田幹彦さんは「祇園小唄」「島の娘」などの戦前の流行歌の作詞もしていた方だが、戦時中は軍部からの圧力で何も書けない環境にあった。終戦後、「小説天皇」などを書いておられたが、もともと神社の子息で、東京高師付属小、中学の出身。私の父も同じ学校で当時のボート部の後輩だったところから、私のことを相談したようである。当時から将来は「もの書き」になろうと思っていた私は、卒業時には二つ有名出版社を受けて幸い合格していたのだが、父が長田さんに相談したところ、「そんな水商売に入れるな、私が預かる」といって下さったのだそうだ。出版社が水商売などとは誰も思っていないが、そのころは女性の進出いまだしの世の中だったのだ。ここで校正や少女小説への書き直しや参考図書の保存法など、短い間だが基礎的にはいろいろ仕込んで頂くことができた。

ところが、中井英夫もまた高師付属の出身だった。この学校は現在は筑波大になっているので、付属があるのかどうか、知らないが、付属中の出身者は昔から結束が固くて、父の仲間も大方は高校は一高、大学は今の東大、当時の帝国大学に入っており、みな仲が良かった。いわば当時のエリート校で、私の父の同級にも結構政界、学界、財界の有名人がいた。戦後「中央公論」の主幹を務めておられた松林恒《ひさし》氏もその仲間の一人であった。一方中井の文学仲間も高師付属組が多かった。そのような周囲の環境が似ていたのも、お互いに安心して話せるという信頼感の生まれるところであったと思う。

話は逸れるが、画家の岸田劉生も父と一高時代の同期で、当時、泉鏡花の作品に凝っていた父が、「文芸倶楽部」などの雑誌に掲載される鏡花の小説を、それぞれ挿絵ごと外《はず》して分厚い一冊にしたものが私の手元に遺されている。いずれも木版画とおぼしい挿絵があり、色も褪せずに残っているが、その本の扉絵を、劉生が描いている。当時の同校同期生の結束は今よりも強かったのである。

また、中井の生まれたのは滝野川で、図書館の人にいわせれば省線（今の山手線）なら駅は「田端」、私の生まれたのは曾祖父の建てた巣鴨五丁目の家で、省線の「大塚」、巣鴨といってもお地蔵さまより南寄りの丘の上。姉たち三人は神田の水原病院（俳人水原秋櫻子の病院）で誕生しているので、森の石松（次郎長一家の手下、といっても今の人は知らないか）のセリフを借りて「神田の生まれヨ」などと自慢していたのに、私ばかりは自宅で生まれたので、巣鴨生まれ（もっとも、育ったのは麴町の紀尾井町と世田谷の玉川瀬田）というので、よく姉たちに差をつけられてからかわれたものだ。

ともかく、そのようなこともあって、中井とは何となく安心感がお互いにあり、中年になってから「意地悪じいさん」と仇名されていた中井英夫の、まだ意地悪でない頃からの、珍しく気を許した女友達であったようだ。

小さな恋の物語

しかし、誤解されることも折々あった。Mちゃんという色白でふくよかな子がいて、誰でも彼女に好意を持つのに、中井さんはちっとも私をふり向いてくれない、と泣きつかれたことがある。現代と違って、男女の間には厳しい決まりがあって、女の子の方から好きですなどということはなかった時代。「彼が私に関心を持ってくれないのはサエコちゃんがいるからだわ」と、とんだ誤解をしているのだ。私の方は中井が女性に関心のない人だということが解っているが、未婚の処女《おとめ》にそんなことを話すことはできない。当時はまだそういう無垢な時代であった。

その彼女に良い縁談があって、結婚する前に中井さんがどうして目を向けてくれないのか、知りたいのだと、彼女の悩みを聞かされる羽目に陥り、休日に千葉の保田の海岸に行って、一夜話を聞いてあげることになった。今と異って民宿の蒲団に蚤がピョンピョン跳ねているような時代だった。二人で夜の海岸に行って、まだ陽の熱ののこる渚で彼女の話を聴いた。私は、彼が女人に関心がないことを話してあげたが、当時は同性愛などということは口に出してはいけない時代である。それを説明してもMちゃんにはちっとも納得できないようで、いきなり立ち上がり、「私、死にたい!!」と真暗な海にジャブジャブ入って行く。丁度引き潮だったが、闇に消えて行く彼女を放っておくわけには行かない。私はしぶしぶ海に歩み入って、彼女の肩をつかみ、波打際に引き返したのだった。

これにはちょっとした後日譚がある。

私がMちゃんの気持を中井に伝えると、中井は困惑の表情である。

「どうしたらいい？」

私にはMちゃんの気持もわからないではないので、つい、こんな無責任な提案をしてしまった。

「彼女の気持を落ちつかせるためにはね、嫌いなわけじゃないんだ、ってこと、知らせてあげる他ないわね」

「例えば？」

「ちょっと抱き寄せて、おデコか頰っぺにチュッって」

彼は暫く黙っていたが、次に会社に顔を出した時、まず彼の方から言った。

「サエコちゃんのいう通りにしたよ」

視線を合わせずにいう中井はちょっと恥かしそうだった。

その後結婚式当日、花嫁はしばらくトイレに入ったまま、泣き沈んでいたそうである。大丈夫かな、と思っていると、三週間位経って、彼女が私の前に現われた。そして満面に笑みを湛えて、こういったのである。

「結婚って、いいわよぉ、ほんと。中井さんにもこんな気持、味あわせてあげたい！」

心配して損してしまった、というのが私の感想だが、ほんとに良かった。

無頼の生涯

中井英夫が亡くなってもう何年経っただろうか。

繊細でやさしくて、作品社という出版社を経営していたB《ビー》タン（田中貞夫）が亡くなったあと、泣き沈んでいたA《エー》タンこと中井英夫は、それからあと、手のつけられないほど横暴で勝手で、皆を困らせていた。最後に助手となった本多正一の努力がなかったら、彼は皆に拒否されたまま逝ったにちがいない。

中井は母親と姉の静さんへの憧憬がつよく、父親拒否症の度合いは尋常ではなかった。父は椿の原種、雪椿を発見した著名な植物学者、国立科学博物館長をも務めた方なのに、立派な兄上たちとは交わりを絶ち、戦後も無頼に生きたが、今になると、深層では父親には意外に深い憧れを抱いていたのでは、と思うことがある。中井は薔薇への愛着が深く、「薔薇の館」と称する家に住んでいたこともある。当時、同性愛者のことを「青い薔薇」で表わすことがあり、「薔薇族」とも呼んだが、現今のように世間に認知されてしまうと、却って幻の秘薬のような味も失われた気もするのだが。

『虚無への供物』では、最後の種明かしと残る疑問を、奈々緋紗緒が解く形になっているのだが、ちょっと気が早くて、人の話を半分聞いた処で「うん、わかったわかった」といって自分の考えで事を進めて行くところなどは、思えば確かに、若かった頃の私の行動に似ているのかもしれない。

　後になってから佐藤佐太郎を敬愛する私のことを悪く言っているインタビューもあり、ほんと、おかしなひと。何でも自分の思っているようには行かないのよ、ほんとに。

AタンとBタン

「短歌」をめぐって

「歌人」という呼び名

戦前、戦中、戦後を生き継いで来て、残り時間の少なくなってきた昨今、改めて、短歌とは私にとって何だったのか、と考えることが多くなった。一体に、何を書いても、「歌人」という肩書きがつきまとうことに、何か異和感を避けられないのである。「歌人」ということば自体に、永い「和歌」の歴史が擦り込まれているのだから、そう称《よ》ばれることはたいへんな栄誉であるとはわかっているのだけれど、あまりに永い歴史と、過去の「歌よみびと」たちの真摯な生き方が重積しているだけに、到底、胸を張って「歌人です」とは言い切れない。というか、心のどこかにいつも、羞恥の思いがわだかまっているのだ。

では、エッセイストといわれたらどうなのか。著作は歌集よりも数が多いし、エッセイストクラブの理事なども永年つとめたり、『源氏の恋文』で賞を頂いた他、『源氏物語』に関する研究書的エッセイ集がかなりある。源氏の講義は自由が丘で三年、藤沢で八年半を終了。鎌倉では二十九年目に入ったが、ここでは一字のこさず皆と声を出して読んでいるという、ちょっと変った講座。源氏学者の故松尾聰先生の奥深いご指導のおかげで、戦中戦後の学生として、何も知らずに世に出されてしまった私の、学問に対する根深い飢餓感を、少しずつ埋めて行くことができたのであった。また秋山虔先生をはじめ、国文学の先生方がさまざまな力を貸して下さった。

その間《かん》、源氏物語を読み込んでいるうちに、そこに出てくる薫香に深く心をひかれて、その香りの実体を探るべく、並行して香道御家流宗家、三條西公正先生に師事。結局『源氏の薫り』を書いたが、その後も深入りして、江

戸期の貴重本といわれる『香道蘭之園』を仲間と共に十年がかりで読み解き、更に改訂版をまた十年がかりで世に出してしまった。江戸時代のことを何も知らないで手をつけている上、秘本とされていたものを公開してしまったのだから、貴重な秘本として所持する一部の人々からはかなりの攻撃を受けたが、現在はたぶん、皆さん重宝しておられると思う。ここでは「香道研究家」という名を負ってしまった。

それだけならまだよいのだが、昔、放送作家だった頃から、合唱組曲『蔵王』をはじめ、合唱組曲の作詞が十二作ほどある。ここでは「作詞家」ということになっている。

こうなるともう、人がつけてくれる呼称にこだわることは無い、と思うのだが、短歌に関しては、一時十七年もの空白を置いて歌壇に戻ったわけで、それは馬場あき子、岡井隆、篠弘氏ら、昔の「青年歌人会議」時代からの歌仲間の強い庇護があって可能だったのであり、今考えても、ふつうでは有り得ないコースだったと思う。だからなお、「歌人」の肩書きが肩に重くのしかかる。「歌人」という呼称を受けると、何となく、気がひけてしまうのである。

それならどう称ばれたいのか？　そう考えてみると、そこは何の期待も無い。一介の「もの書き」で世を了える、それでよいのであろう。どだい、呼称は人がつけるもので、自称は誰も注意を払わない。
だから「歌人」と称ばれるのは、有難いことなのだ、まちがいなく。でも、この心の底のこそばゆさ、というか、恥かしさは、たぶん、死ぬまで拭いきれないだろう、というのが実感である。

「歌」と「声」

ところでこの「短歌」という形式は、古くは『古事記』『日本書紀』にも登場し、歌集としては私撰集『万葉集』が何ものにも替え難い久遠の光を放っている。この時代までの表記はすべて漢字であり、訓《よ》みにもさまざまな説が混在するが、中には既に一字一音という表記が見られ、そのうちに真名（漢字）から仮名（平がな）となり、一方で漢字の一部をとった「片仮名」が生まれる。日本独特の「技術革新」は、当時から古代人の知恵としてすでに大きな成果をあげていたのだ。

しかし一方、全く文字を知らない人々、たとえば特に教養を持つことのなかった人々も、「歌」をうたっていた。一番くらしに密着していたと思われるのが、「恋歌《こいうた》」であり、「婚《よば》い歌」である。男から女へ、気持を伝えるのに、五七五七七の韻律はすでに東国でも定着していた。『万葉集』巻十四の「東歌《あずまうた》」が、当時の男女のやりとりを生き生きと伝えている。

この形式、つまり短歌の形式は、本来、男と女の感情や意思を伝えるのに最適な形であり、そこには「歌う」、つまり実際に「音」「声」に還元してはじめて納得の行く形なのがわかると思う。「婚」と書いて「よばい」とも読むが、これは「呼ぶ」の連続形、「呼びつづける」意である。後世には「夜這い」と混用されることもあったようだが、本来は、意志を伝える「恋鳴き」のようなものだったはずである。

これに対して、女は必ず「拒《ことわ》り歌」を返すのが極《きま》りで、決して、すぐに「はい、私も」などと答えてはいけないのである。このテクニック自体は、現代でも同じことであろう。この「型」は、婚姻の形式として公卿社会でも武家社会にも受け継がれて行って、例えば婚姻の際、「床入《とこい》り」の前には必ず男から歌を贈り、女が歌を返す、という儀式は、大名などの間では江戸時代にも受け継がれていたそうである。但しこの場合は「拒り歌」は省略されてもいたようであるが。

要するに、この場合の「歌」は、「声」で伝えていたわけで、「歌」とは「唄《うた》う」「詠《うた》う」もの、つまり、目で「読む」のではなく、実際に「音声」を伴っていた事実を、改めて認識する必要があろうと思う。現代では、「歌」は目で読む、つまり黙読するもの、と思い込んでいる人がかなり多いが、歌が生まれたら、小声でもよいから「音声」に出してみると、歌作の良否がはっきり判るもの、という事実を、一度はっきり認識するべきであろう。実際、佐藤佐太郎の膝下にあった頃、佐太郎が自作を仕上げている傍らにいることがよくあったが、佐太郎自身ごく低い声で自作を読んで、作の良否を測っている場面に屢々出会った経験がある。

短歌は三十一音を基底に置いた短詩型であり、また「五七五七七」の流れの中には、曰く言い難い休止符というか、空間がある。それを基礎として、実作は、その息づかいを微妙に変化させて完成するのである。

それぞれの個性によって、作者自身の「息づかい」が生まれ、作品に微妙な陰翳を添えるのは自明のことで、千三百年もの歴史を経ながらいまだに「定型詩」としての短歌が廃れないのは、当然といえば当然であるとも言えようか。百人いれば百様の生き方があり、個性があり、息づかいがある。

結果として、自己を見詰めるしたたかさと、流れ行く時間の中で瞬間を捉え切る俊敏性、或いは反対に、何事にも揺るがない自己という存在を把握する強靱性と柔軟性がないと、この恐るべき詩型を意のままに扱うことは到底無理、ということでもある。ここで作者は、何ごとにも謙虚であるべきことを悟るはずである。

思い上がりのある作者の作品は、永遠性を持てないのは当然で、短歌作者は、何ごとにつけても「永遠」に対しての謙譲の気風があってよいだろう、というのが、永いこと「人間」を続けて来た筆者の感想である。

心に重石を

ところで、短歌作者として、折々に歌を作り、批評し合い、或いは歌人同士の親睦を深める、という人は日本中にゴマンと溢れている。同人誌、結社誌、綜合誌、インターネット。中・高校生から大学歌人会、時には幼稚園児までが、この「型」を用いて、折々の感動を表現したり、それを批評したり、賞を与えたり、新聞歌壇で活字になるのを喜んだりしている。日本語を磨く、というには最適ではないか、と思うこの短詩型は、全国に溢れ、外国にまで及んでいる。

そのこと自体は、短歌を愛し、「美しい日本語」を護りたい思いを持つ筆者としては、まことにうれしいのだが、一方、この短詩型に盛《も》る内容が、時に「生活報告」にとどまり、「感想文」になり、単なる「日記風」叙述になり易いことに、常に危懼《きぐ》感を否み難いのである。

私は「短歌は技術である」と言い切った佐藤佐太郎の奥深い思いを、何とか皆に伝えたい、という止み難い思いがあって、『佐太郎秀歌私見』を書いたし、「星座」「星座

α」の刊行に携って来た。しかし、それはあくまで一つの指標、或いはしっかり踏まえておくべき自らの歌論を構築していくために、基礎として知っておくべき論として言っているので、歌を作る人は、自らの作品を人目にさらすとき、表には出さない、内なる重石、拠《よ》りどころを、一人一人、しっかり積み上げていく気持を忘れないでいてほしいと思う。

私自身、偉《えら》そうに歌論をふり回すことは好みではないが、佐太郎の技法の秀れた部分を無にはしたくない思いが強い。だからといって、佐太郎を決して〝目的〟とはしていない。私は私。そして、若い頃から何度も反逆を試みた経緯も、今は知る人も少なくなったが、反逆を試みねば自己の色彩を保つことが叶わないほど、佐太郎の技術はすばらしい完成度を持っていた。それでもなお、その先を拓こうと試みた。その謙虚と貪欲の微妙な陰翳を以って、若いころの私ではなく、佐太郎の歿年をすでに超えてしまった私が、少しづつ実体に迫ろうとして書いたのが『佐太郎秀歌私見』であった（「星座」連載、KADOKAWA刊）。この書は「日本歌人クラブ大賞」を受賞したが、今では、書ける時に書いておいてよかった、というのが実感である。

人間には、限られた生命の時間がある。思いがけずの長命とはいえ、老耄は避け難い。以前に書いたものに漲っていた自然体の熱気も、今の私にはすでに得難いものという実感がある。だからなお、このような、今更言わずもがなの冗言を綴っている。

藤の花、理論と実作

さて、一度は言っておきたいことを、思うままに書いた。これから先は、要するに永く生きて来た人間の冗語に過ぎない。どうぞ気楽に読み捨てて頂きたい。

この稿を書いているのは五月十三日。青葉の雨。きのうの暑さはどこへやら、今日は土砂災害の予告が出されている雨の日である。

このところ鎌倉の街には、おそろしいほどの数の観光客が訪れる。小店舗の犇めく小町通りは、連休中は満足に歩けないほどの人出であった。以前は夕方六時半になれば店がみな扉をおろしていたのに、今では八時を過ぎた頃から繰り出してくる東京の若者たちがいる。リュックを背に、その脇ポケットからは水のペットボトルがのぞき、Tシャツにパン、運動ぐつ。アベックも多くて、長いスカートの女の子と手をつないで、珍しそうにまわりを見回しながら歩いている。たぶん、遠くから上京して来た学生さんあたりなのだろうけれど。三十年前あたりまでは、小町通りの店はしっとりと静かで、午《ひる》まえの十一時ころに店を開け、六時には閉めてしまう。呼び込みなどしている店は一軒も無く、品の良い感じだったが、今や新しい店舗はメガホンで客寄せの声を張りあげ、古い店はみな代替り。以前はたべもの店の奥にもちょっとした小庭があり、小さな池や鉢の水に、小鳥が群がっていた。このところ、中国資本が入って地代が急騰し、とても店をつづけられないのだ、という旧店主の話をいくつか聞いた。大体、賃貸契約は三十年というのが多く、現在、その切り替え時期なのだそうである。

そしてまた、今年の初夏は、山藤の花が非常に多く、あちらの山、こちらの森などに、うす紫の藤が咲き誇っている。若葉の光を張り合って、たいそう美しいのだが、たまたま山梨出身の方に聴いた処では、藤の花の多いのは山が荒れている証拠なのだという。なるほどそういえば、鎌倉では住宅地域がふえて、年々緑が減っている一方、のこされた山林は、ほとんど手つかずの状態、としか見えない。手入れが行き届いていないのは、誰が見ても一目瞭然。政治の貧困、と言うべきか。

現在の私は、鎌倉の短歌講座で近代短歌史について話す折を持っている。短歌の近代化については、正岡子規と与謝野鉄幹の両輪があってはじめて成功したと思うが、その子規の歌に、有名な「藤」の一首がある。

瓶《かめ》にさす藤の花ぶさみじかければたたみの上にとどかざりけり

すでに病臥してからの作だが、「写実」「写生」ということを唱えた子規の作品としてよく知られ、その「写生」は、斎藤茂吉のいわゆる「短歌写生の説」へと進化する。「実相に観入して自然自己一元の生を写す」

この言葉を鵜呑みにして、若いころの佐太郎門下たちは真剣に作歌を続けたが、果して本当に茂吉のいう意味に辿りつけたのかどうかは、今もってわからない。どだい、理窟を言ってもはじまらない、という想いが私にはある。「わかったようでもわからない」のは、理論、というより理窟の苦手な女性の一つの特色なのかもしれないが。いつも、理窟よりも創作の方が先にあるべきだという、妄信に近いものが私には内深く在って、作品は独立して味わうべきもの、理論は後追いの結果、という直感的な思いが、初期のころから心を離れないのである。

ただ、自らの持っている短歌への真情は、「短歌が好き」という一語に尽きる。女性にとっては理論武装よりも、直感の鋭さの方が的確、という思いが強い。「好き」に理窟はない。永いこと短歌に反抗してその世界から離れていたのも、また、足かけ二十年ちかい空白を置いて再び「短歌」という表現型式に還ってきたのも、短歌が「好き」という真情を無視することができなかったから、というのが偽らぬ実感である。

佐藤佐太郎の技法を身につけようとしても、作歌者は一人一人皆異った人間、そのままその恩恵に浸ってみても、その作歌者は「個」であることを忘れてはならない。作歌の際、自らの無力を感じながら、先人の智慧に触れることはよいが、あくまで作歌者個人が自らの表現力、感受性の質、ことばに対する敬虔な接し方を身につけない限り、ほんとうに「純粋な抒情詩」としての「短歌」を生み出すことは難しいのではないか、と私は考えるようになっている。

若い時には若さゆえの溢れるような輝きを、その作品から発することは可能だろうし、努力型の人が永い歳月をかけて、短歌の奥深い魅力を身につけることもできるだろう。が、その先にまた、未知の可能性のあることを、身に沁みて知るのは自明のことである。

私自身の体験を語ることによって、どれ位、私の真意が伝わるか、量ることはできないが、今まで延々と語って来た自伝的短歌論の終末に当って、読者の一人一人が無限の可能性を秘めていることを、改めて信じ、期待していることを記して、この稿を了りたい。

この書は、雑誌「星座―歌とことば」（かまくら春秋社刊）に執筆したもののうち、67号（二〇一三年秋）から82号（二〇一七年夏）までの稿をまとめたものです。

あとがき

この『自伝的短歌論』は、当初歌誌「星座—歌とことば」（かまくら春秋社・現在季刊）に連載したもので、二〇一三年の秋から執筆をはじめた稿の大半が、この本にまとめられた。永い期間を経ている上、現在に到ってわざわざ一冊にすることの意味を自問する羽目になってしまったが、昭和平成の年代を生き継いだ一人として、いま書き遺しておくことも、何か後人の、時代を知る手がかりの一端にはなるかもしれないと思い、自ら一冊にまとめることに踏み切った。

千三百年余の伝統を持つ短歌という形式が、今もなお、人々に愛され続けていること自体、文学史的に見てもふしぎと言えばふしぎなことで、それだけ、短歌形式という定型は、日本人の根本的な性情に似合っているのだろうと思う。ある時は風のようにさわやかに、ある時は炎のように燃え、またある時は時雨に濡れるような体感に、多くの人々が共感を持つ。思えばふしぎな小詩型である。
私自身は歌人と自称できる程、短歌に賭けた思いは少なく、放送詩、合唱組曲、古典解読などに時間をかけて生きて来てしまったのだが、今になって、少女期から短歌に近付いたことの意味が、じつに重要だったことに改めて気付くのである。この拙い自叙伝的短歌論が、或る意味、一つの時代を多少でも表出できているとすれば、次代、次々代の短歌人たちの何らかの手がかりになるかもしれない、というひとつの希いを持って、ここに思い切って一冊とした。読了して頂ければ幸いである。

尾崎左永子

平成最後の年三月

自伝的短歌論

二〇一九年六月三日初版発行

著　者　尾崎左永子

発行者　田村雅之

発行所　砂子屋書房

東京都千代田区内神田三―四―七（〒一〇一―〇〇四七）

電話　〇三―三二五六―四七〇八　振替　〇〇一三〇―二―九七六三一

URL　http://www.sunagoya.com

組　版　はあどわあく

印　刷　長野印刷商工株式会社

製　本　渋谷文泉閣